GRAN ANGULAR

El mar detrás

GINÉS SÁNCHEZ

sm

PREMIO GRAN ANGULAR 2022

fundación sm

La Fundación SM destina los beneficios de las empresas SM a programas culturales y educativos, con especial atención a los colectivos más desfavorecidos.

Si quieres saber más sobre los programas de la Fundación SM, entra en **www.fundacion-sm.org**

LITERATURA**SM**•COM

Primera edición: abril de 2022

Dirección editorial: Berta Márquez
Coordinación editorial: Paloma Muiña
Dirección de arte: Lara Peces
Cubierta: Javier Jaén

Impresores, 2
Parque Empresarial Prado del Espino
28660 Boadilla del Monte (Madrid)
www.grupo-sm.com

ISBN: 978-84-1392-433-5
Depósito legal: M-4341-2022
Impreso en la UE / *Printed in EU*

Este libro está dedicado todos los migrantes
políticos y económicos y, en particular,
a todas las niñas y todos los niños
que no consiguieron dejar al mar detrás.

UNO

Nos habíamos quedado medio dormidas debajo de las higueras. El sol de la tarde y el canto imparable de las chicharras invitaban a ello. Pero alguien, no fui yo, debió de abrir un ojo y notar el movimiento. Enseguida estábamos las tres despiertas.

Dibra, Nadia y yo.

Y el movimiento. Porque había niños que se movían entre los lentiscos y las azucenas de mar y en dirección a la playa, abajo. Pasó Samina y le preguntamos.

–Es Wole –dijo.

Nos miramos y luego fuimos.

Corrimos. Las dunas se elevaron y, cuando llegamos a lo más alto, el mar espejeó en un azul intenso. De lejos vimos la inconfundible camiseta amarilla de Wole.

–¡Wole, Wole, espéranos!

Corrimos. A Wole la camiseta le quedaba muy grande y se abolsaba con el viento. En realidad, a todos nos iba grande la ropa. Wole ascendió, se detuvo en lo alto de una duna y lo vimos dejar algo en el suelo. Luego echó a correr hacia abajo. En la mano, desenredándose, llevaba el ovillo de sedal. Corrió y corrió y de pronto el viento enganchó aquello que había dejado y lo subió de golpe al cielo.

–Oooooooooooooh.

Tenía la forma de un avión y lo había pintado de muchos colores y le había dejado largas tiras de papel en la parte de atrás de las alas y en la cola. Ahora las tiras aleteaban y chasqueaban como hojas de árbol agitadas por el viento. Nos sentamos. De lejos vimos a otros grupos de niños. Niños como nosotros. Con la ropa despareja y de colores que no casaban. Con los zapatos viejos o rotos.

Yo estaba al lado de Dibra. Ella tenía la mano sobre la frente, protegiéndole los ojos, y sonreía y se le marcaban las pecas de las mejillas y de la nariz. Yo también quería tener pecas. Ella se metió los dedos en la boca y silbó.

–¡Muy bien, Wole!

Wole corría por la playa, la mano arriba, sujetando con fuerza, y los demás esperábamos, aunque no sabíamos bien qué. O ninguno lo sabía, pero yo sí. Así que miré a Dibra por si ella también lo sabía.

–No lo hagas, Wole, no lo hagas –la oí que murmuraba.

Ella lo murmuró, pero solo yo la oí. Entonces pasó. Wole se detuvo de pronto y algo brilló en su mano y hubo un chasquido y todos suspiramos. El avión, liberado del sedal, tembló un momento en el aire como si no supiera bien qué hacer; como si dudara entre lanzarse contra la playa o ascender. Imagino que una corriente de aire lo ayudó a tomar la decisión, porque, de pronto, viró y ascendió y nos miró un momento desde lo alto como si se despidiera. Lo siguiente fue echar a volar tierra adentro, en dirección a las montañas cubiertas de polvo que cada día veíamos a lo lejos.

El avión pasó por encima del campo y se perdió de vista. Fue entonces cuando notamos que había niños que no miraban hacia las montañas, sino hacia el mar. Alguien señaló.

–Allí.

Todos miramos. Estaba lejos y era difícil apreciar los detalles, pero se trataba de una barca que cabeceaba entre las olas. Era una barca grande, semejante a un cayuco, y dentro de ella se amontonaban bultos que eran personas. Fue entonces cuando algunas de ellas empezaron a arrojarse por la borda y a nadar hacia la orilla. No pasó ni un minuto hasta que oímos los motores de las lanchas del ejército atronando el aire y convergiendo, en estelas blancas y veloces, hacia la embarcación.

Los niños de la playa, en el atardecer, nos quedamos quietos como estatuas. Algunos temblaban. Y es que quien más quien menos había ido alguna vez en una barca como aquella.

DOS

Mi nombre es Isata y estoy sola aquí, en el campo. Mejor no preguntar por mi familia, porque eso me entristece. Tampoco sé cuántos años tengo ni cuántos años llevo aquí. Sé que no soy muy mayor porque no tengo pechos, como Dibra, y porque, cuando la miro, ella es una cabeza más alta que yo. Algún día yo seré de alta como ella y tendré también pechos.

Dibra no es de mi familia, pero es mi hermana. Mi mejor amiga.

Tiene los ojos claros y la piel clara. También es rubia y su pelo es como la paja que sale de los colchones. Lo lleva todo recogido en dos trenzas largas y gruesas como una cadena. Ella nunca se corta el pelo. Cuando se lo desenreda, le llega por debajo del trasero.

Dibra también tiene voz, es decir, puede abrir la boca y entonces su garganta hace lo que tiene que hacer para que lo que piensa lo diga su boca.

A mí me gustaría tener el pelo como Dibra y también me gustaría poder decir en voz alta lo que pienso. Pero no puedo porque me quedé sin voz por culpa del trauma.

A veces llamo a mi voz y le ordeno que salga. Pero mi voz está dentro de mí, atrapada en mi garganta, y tiene miedo. Así me lo explicaron los médicos hace muchos años, cuando llegué aquí.

–Un día podrás hablar, Isata –me dijeron–. Porque ese nudo se soltará. Así que estate tranquila.

No poder hablar es un problema. Eso hace, por ejemplo, que yo no le caiga del todo bien a Nadia, la amiga de Dibra.

–No sé por qué pierdes el tiempo con ese perrito faldero –le dijo una vez a Dibra. Se lo dijo a pesar de que yo la estaba oyendo.

Pero Dibra, entonces, me abrazó y le dijo a Nadia que estar conmigo no era perder el tiempo.

Nadia llegó aquí hace un año, más o menos; vino con su padre y su madre y con dos hermanos que son aún más pequeños que yo. Dibra llegó un poco antes. Ella vino con su padre nada más. El padre de Dibra es un hombre alto y dulce y guapo que está siempre triste y que a veces no puede ni salir del contenedor de lo triste que está. La madre y el hermano están perdidos en algún sitio.

TRES

La vida en el campo es dura y aburrida y está llena de tristeza. Hace seis meses, a Dibra y a su padre les otorgaron ya un barracón en el sector tres. Ahí están mejor porque hace menos frío en invierno y también tienen una cocina pequeña y una jarra para hervir el agua y hacer té. Yo, como estoy sola y soy pequeña, vivo en el barracón de los huérfanos. No es un buen lugar. Tal vez, hace tiempo, cuando no éramos más que cincuenta o sesenta, no estaba mal del todo. Pero ahora somos más de doscientos y eso hace que tenga que dormir en la cama con otras tres niñas. Además, muchos de los huérfanos que han llegado últimamente lo han hecho con traumas que los hacen gritar de miedo por las noches.

Alguno, incluso, se hace pis.

Uno, hace unos meses, se mató a sí mismo. Era un chico pequeño, con el pelo muy rizado y los ojos dulces. No nos dejaron acercarnos.

Estas cosas pasan a veces, porque hay gente aquí que ha visto cosas horribles de las que no se recupera nunca y las noches son duras.

Pero luego empiezan a cantar los pájaros y se sabe que va a empezar el día. Antes de que salga el sol, como a las cuatro de la mañana, ya hay gente moviéndose por el campo y rumbo a la cola del desayuno. A mí me gusta desayunar con Dibra, así que, en cuanto abro un ojo, salgo corriendo y me voy hasta su contenedor. Ahí me siento y espero.

La casa de Dibra es como todas las demás aquí: una especie de cubo de metal blanco y con el techo plano. Los voluntarios los llaman «barracones». Dibra, cuando lo oye, levanta mucho la nariz.

–¿Barracones? No. Eso no es un barracón, eso es una caseta de obras. O un contenedor de esos que van llenos de mercancías en los barcos y en los trenes. En eso vivimos, en eso nos tienen.

Y es que Dibra los llama así: contenedores.

Yo espero, a veces mucho rato, mientras la gente ya se mueve y susurra y algún niño pequeño llora. Luego, la puerta del contenedor de Dibra se abre y ella asoma y me mira.

–Buenos días, Isata –me dice, y me sonríe. Y yo a ella.

Entonces se pone muy seria.

–¿Cogiste tu certificado?

El certificado es lo que los refus tenemos que llevar siempre encima. El papel que dice cuál es nuestro estatus en el campo y cuál es nuestro nombre.

Yo sonrío y lo saco de mi bolsillo y se lo muestro. Ella sonríe.

–Muy bien, Isata. No te lo dejes nunca.

Entonces nos vamos. Recogemos a Nadia y caminamos hasta la primera cola del día. El campo es, más que nada, hacer colas. Hay una cola para el baño, otra para lavar la ropa, otra para la comida, otra para llenar las garrafas de agua, otra para el médico, otra para los documentos...

La gente viste con ropa de colores, pero todo es feo. Todo es metálico, todo es cuadrado, todo está sucio.

CUATRO

Así que recogimos a Nadia y nos pusimos en la primera cola del día. Llegamos a las seis y cuatro minutos y alcanzamos el final a las ocho y doce. Total, dos horas. El desayuno era el mismo de siempre: un bollo industrial, un poco de leche en polvo y una pieza de fruta. Un plátano. De ahí nos fuimos a la cola del baño. Llegamos a las ocho y cuarenta y seis y pudimos entrar a las nueve y media. En el baño nos quitamos las camisetas y sacamos nuestros pedazos de jabón y nos los pasamos por el cuello y los sobacos.

Nadia se miraba al espejo, siempre lo hace.

–¿Vamos a ir al locutorio? –dijo. Dibra y yo nos miramos porque, por supuesto, sabíamos a qué se refería Nadia.

–Sí –dijo Dibra.

Así que nos pusimos en la siguiente cola. A ratos coincidías con la misma gente en distintas colas. Nadia, una vez que nos colocamos, fue corriendo hasta el locutorio y se asomó. Volvió al poco con una sonrisa.

–Está –dijo.

Se refería a Fabio, uno de los voluntarios que solía encargarse de aquella zona. Fabio era alto y rubio y tenía los ojos azules y Nadia se pasaba la vida poniéndole ojitos como una tonta. Como si un voluntario de veinte años fuera a casarse con una niña refu. Y otra vez, esa mañana, empezó igual. Que si era guapo y que si lo otro. Dibra, cada vez que Nadia empieza así, vuelve los ojos hacia dentro y levanta la nariz.

–Ah –dice entonces–, la verdad, Nadia, no tengo tiempo para esas tonterías. ¿Qué importará que sea guapo o que no?

Entonces me mira, porque sabe que yo pienso igual.

Al final, sobre las doce, conseguimos entrar en el locutorio y Fabio nos miró. Los voluntarios siempre ponían la misma cara: como si fuéramos unos preciosos unicornios que hubieran perdido su senda en el bosque de las piruletas, o eso decía Dibra.

–Una cabina, Fabio, por favor –dijo Dibra en inglés.

Y ahí nos metimos Dibra y yo, porque Nadia, claro, se quedó fuera a hacer el tonto. Dibra sacó el papel en el que llevaba escrito el teléfono del señor Tahiri, allí en el viejo país, y fue marcando. Le contestaron al poco.

–Buenos días, señor Tahiri, ¿cómo está? –dijo Dibra, y luego escuchó.

La conversación siempre era parecida. El padre de Dibra no podía llamar él mismo porque estaba enfermo, o porque le dolía la muela, o por algo. Las preguntas, las mismas: si se sabía algo de la madre o del hermano; si habían llamado al señor Tahiri allí, en el viejo país. Y las respuestas, siempre igual: nada. Ninguna noticia.

La voz, al otro lado, era una voz profunda y metálica. Yo estaba lo bastante cerca de Dibra como para oírla.

–Y de dinero, ¿cómo estáis? –decía la voz. Y Dibra me miraba.

–Ah, bien, no se preocupe.

–Si queréis puedo mandaros algo...

–No, de verdad, no hace falta –decía Dibra. Lo decía, pero era mentira, era que su padre le había advertido que tenía que decir aquello porque no quería tener que pedirle dinero a nadie. Luego, Dibra colgaba y esperaba un momento. Volvía a marcar, esta vez el teléfono de su hermano Kostandin, el que estaba perdido por algún sitio. Siempre pasaba igual: ella marcaba y una voz informaba de que aquel teléfono no estaba disponible.

Dibra puso su cara triste y salimos.

–¿Qué hora es, Isata?

Yo le mostré el reloj. Más de las doce.

–Ya es tarde para ir a trabajar –dijo Dibra.

Así que nos fuimos a la cola para la comida.

CINCO

Sobre las cuatro, el calor era tan intenso que el campo se apagaba. La gente buscaba refugio en las sombras y le dejaba el mundo a las chicharras. Solo nosotras, casi, íbamos caminando aquella tarde rumbo al trabajo.

–Ahí, donde se clasifica la ropa, necesitan gente.

Eso nos lo dijo, tiempo atrás, el señor Sinami, que era el padre de Nadia y que además había sido arquitecto en el viejo país. Nosotras lo miramos.

–¿Pagan?

–No lo sé.

No pagaban. Nadia y Dibra lo discutieron brevemente.

–Así hacemos algo –terminaron por decir.

Y así fue como empezamos las tres a trabajar. La gente de otros países se «preocupaba» por nosotros y nos mandaba la ropa que ya no querían. Esa ropa llegaba a los campos en grandes camiones de las ONG y se descargaba detrás de los almacenes. Lo que nosotras hacíamos era coger las bolsas y llevarlas a la sala donde se clasificaban. Y luego abrirlas y empezar: ropa de hombre, de mujer, de niño, de niña, de invierno, de verano. Ropa de hacía veinte años, de hace diez, de hace cinco. Ropa del norte, ropa del sur.

Las bolsas, al abrirlas, olían a vino agrio. A veces, en los bolsillos de los pantalones o de los abrigos, aparecían pequeños tesoros. Podía ser una moneda plateada con un grabado que representaba un águila; o llaves de no se sabía qué casa. Podían surgir papeles, cartas. O un lápiz, o un amuleto.

Dibra y Nadia lo examinaban todo. Algunas de las cosas las guardaban en una caja de metal. Una vez, en un pantalón, encontramos un viejo reloj. La correa de cuero se había desgastado y se había partido, pero la esfera, dorada, era preciosa. Dibra lo tomó en la mano y lo sopesó.

–Es de cuerda –dijo. Luego accionó la ruedecita y lo puso a funcionar. Yo lo miraba y Dibra me miró a mí y sonrió–. Ten, Isata.

Y por eso tengo un reloj. Se lo llevé a Samir para que le arreglara la correa. Otra vez, en un abrigo, encontramos una extraña caja de plástico que dentro llevaba otra cosa aún más extraña. Se la enseñamos a los voluntarios y ellos se rieron mucho.

–Es un casete –dijeron.

–¿Y para qué sirve?

–Para grabar sonidos. Música, sobre todo.

–Entonces, ¿ahí dentro hay música?

Ellos dijeron que sí y nos enseñaron, con sus móviles, cómo era el aparato que se necesitaba para oír esa música. Nadia dijo que ella había visto alguna vez uno parecido, allá, en casa de sus abuelos. Aquel casete fue luego a la caja de metal. Solo que, después, las chicas se lo cambiaron a Samir por cigarrillos para sus papás.

A Dibra no le gustó que los voluntarios se rieran de que nosotras no supiéramos lo que era un casete y se enfadó. Dibra es muy sensible para sus cosas. Entonces lo soltó. Porque Dibra habla inglés muy bien y puede entenderse con todos.

–Y cómo os van las vacaciones, ¿lo pasáis bien? –les dijo a los voluntarios.

Ellos se miraron. Luego la miraron.

–¿Vacaciones?

–Sí, estáis de vacaciones, ¿no? Viviendo nuevas experiencias. Sintiéndoos mejor, ¿no? «Vamos a pasar el verano allí y así nos sentimos superbién. Y además luego tenemos mil cosas que contar».

Los voluntarios, eran Gianna y Nico, se molestaron.

–Bueno, no es así. ¿Qué preferirías, que no viniéramos?

Dibra sonrió. Era mala. Es mala. Puede morder como una serpiente o picar como un escorpión si se enfada.

–Preferiría, sinceramente, que hicierais cola conmigo para ir al baño y para que os den de comer. Preferiría que comierais lo mismo que yo como y que durmierais sin aire acondicionado. Y preferiría que os acordarais, cuando me habléis, de que no soy un unicornio rosa que se ha perdido en el bosque de las piruletas.

Dibra dijo todo aquello y Nadia se quedó de piedra. Porque Nadia siempre dice que esas cosas no se les dicen a los voluntarios. Nadia se quedó de piedra y Gianna y Nico se miraron y sacudieron la cabeza. Porque ellos también conocían a Dibra. Y Dibra podía ser así. Y decir muchas cosas que, en realidad, no pensaba.

SEIS

El campo, visto desde las dunas, tiene la forma de una larga estrella que hubiera caído sobre el matorral. De lejos engaña, porque los contenedores podrían parecer verdaderas casas y las tiendas de campaña podrían parecer ropa tendida. De lejos no se distingue la basura ni la chapa. Junto a la carretera está la garita de entrada y, un poco más adelante, las carpas donde te hacen el control la primera vez y donde pones tu dedo para la huella y te hacen el examen preliminar. Después están los almacenes y, después, la zona donde viven los cooperantes. Ahí también está la Cruz Roja.

Más allá está donde vivimos los refus.

Hay miles de personas ahí. Y hay miles de niños.

Estamos Dibra y Nadia y yo. Y también los hermanos de Nadia. Pero hay muchos más. De la mayoría no se sabe gran cosa. De otros, sí.

Está Suma, por ejemplo, que cruzó la frontera escondida en una maleta y que es una de las niñas que duermen en la misma cama que yo en el barracón de los huérfanos. A veces grita por las noches.

Está Nadji, que vino con sus siete hermanos y que dos de ellos han desaparecido.

Está Ainda, que salió una mañana corriendo de su poblado y se unió a una caravana de personas que huían hacia el norte.

Está Jahan, que llegó escondido en la bodega de un barco de pesca junto con otras treinta personas.

Está Soufi, que tiene la cara llena de cicatrices.

Aquí cada uno tiene su historia. De algunos no la conocemos porque hablan en lenguas que no entendemos. También hay muchos niños que están como yo, viviendo sin poder apartarse de su trauma, y que entonces no hablan, o de pronto se ponen a gritar sin que venga a cuento, o van por ahí deambulando como fantasmas.

Otros niños están mejor. Normalmente los más pequeños. Porque muchos no han conocido otra cosa y, para ellos, todo es juego. Creo que yo también sería así si me apartara de mi trauma. Eso me dice Dibra. El problema de Dibra es que es suficientemente mayor como para acordarse de cómo era ella antes del campo. Y eso la pone muy triste.

Pero, de todos los niños, el más especial era Wole.

SIETE

Wole siempre iba vestido con la misma ropa: una camiseta amarilla, un pantalón marrón tirando a verde y unas sandalias viejas. Wole hablaba poco. Sabíamos que nos entendía y que podía decir palabras en la lengua de Dibra y la mía. Sabíamos que hablaba también algo de inglés.

Era de alto como yo y muy negro, muy tizón, como dice Dibra. También era muy flaco y tenía una forma rara de andar, como doblado un poco hacia un lado, como si tuviera una pierna más corta que la otra. Sin embargo, eso no era cierto, porque un día Dibra lo hizo ponerse de pie, y ella y Nadia estuvieron un buen rato mirándolo y midiéndole las piernas.

–¿Por qué andas así, Wole? –le preguntó Dibra.

Pero Wole no contestó. Se encogió de hombros y nada más.

Wole era un negociante. Cada pocos días, llegaba y ponía su tenderete debajo de los palos de la luz, ahí donde está la frontera entre el sector dos y el sector tres. Su tenderete era una vieja manta sobre la que colocaba su mercancía. Lo mismo zapatos que juguetes para niños que tarjetas de móvil que perfumes que cigarrillos que pasta de dientes que chocolate o que pastillas de jabón. Ahí se sentaba y ahí negociaba.

A veces, claro, nosotras íbamos. Porque necesitábamos de sus cosas.

–A ver, Wole, dos pastillas de jabón. Y esas bolsitas de té. Y si pudieras conseguir un poco de azúcar...

Y él nos miraba con sus ojos tan negros y trapicheaba.

–¿De dónde sacas todo esto, Wole? –le preguntábamos.

Él no decía nada; si acaso, señalaba hacia el pueblo.

–¿Tú vas al pueblo y te traes esto, Wole? No nos lo creemos.

Pero él se encogía de hombros. Porque Wole, cuando estaba trabajando, era muy serio. Solo que a veces llegaba con cosas especiales.

Juguetes construidos con pedazos de lata.

Cometas.

Y, sobre todo, sus jaulas.

¿Y cómo puede ser que a niños que viven en una jaula les interesen las jaulas? Pues porque Wole lo que hacía era capturar bichos en el saladar que rodea el campo. Se metía ahí, entre las manzanitas, las sabinas y los lentiscos, y volvía con grillos, chicharras y luciérnagas. Después, con pedazos de madera y trozos de alambre, les hacía las jaulas. Entonces uno puede tener dentro de su barracón un grillo que le cante toda la noche. O una luciérnaga que le dé luz.

Wole no siempre traía jaulas. Pero, cuando lo hacía, todo el mundo se las quería comprar.

Solo que Wole no aceptaba cosas a cambio de las jaulas. No, él quería dinero y nada más. Y ese era el gran problema. ¿Tenías dinero? Entonces podía haber una jaula con una luciérnaga junto a tu cama. Y si no, pues no.

OCHO

La tarde en que empezó todo, había hecho el acostumbrado calor y había sido el mismo atronar de chicharras que todas las tardes. Esto, a veces, duraba hasta las ocho o las nueve. Entonces era cuando solía refrescar un poco y la gente volvía a respirar y se encendían las primeras hogueras junto a los contenedores. Los niños se arrancaban las legañas y empezaban a jalear y del contenedor en que se juntaban los hombres llegaban sus discusiones o el sonido de algún violín.

Nosotras, esa tarde, nos habíamos aposentado a la puerta del contenedor de Nadia. Yo miraba cómo ellas dos se desenredaban el pelo.

Entonces llegó Wole.

A veces lo hacía. Recogía su manta y, si nos veía, se acercaba y se sentaba cerca de nosotras. Dibra, con todo el pelo larguísimo suelto, lo miró y sonrió.

–Wole, esas dos jaulas que te quedan... –dijo.

–¿Qué?

–Son muy feas, seguro que las vas a tirar –dijo Dibra.

Wole sonrió.

–Veinte. Diez y diez.

–¿Veinte euros, Wole? Tú estás loco.

–Tú tienes cuenta corriente en tu país, seguro –dijo Wole–. Saca.

Dibra puso los ojos en blanco.

–Tú no entiendes, Wole. Mi tío Gjon era diputado en el congreso y mi padre profesor en la universidad. Así que mi familia fue declarada enemiga del régimen. Toda ella. Y nos quitaron todo y nos embargaron las cuentas y nos las bloquearon. ¿Y tú sabes cuánto le dan a mi padre al mes aquí, en el campo? Cincuenta euros para los dos. Entonces, ¿qué hago, Wole? ¿Dejo de comprar jabón y pasta de dientes y de llamar por teléfono a ver si encuentro a mi madre? O ve tú, Wole, a decirle a mi padre que tener una jaula con un grillo es una «necesidad básica». Ve tú, Wole. Aquí te espero.

Esa era la situación de Dibra. Y la de Nadia, parecida.

Wole no se inmutaba. A veces nos burlábamos de él.

–¿Para qué quieres tanto dinero, Wole? ¿Te vas a comprar un coche o qué?

Así que esa era la canción. Solo que esa noche sucedió algo por completo imprevisto.

Era Dibra la que tenía el pelo suelto y Nadia la que trabajaba con el peine. Dibra, de cara a la sierra, jugueteaba con una pequeña linterna que siempre llevaba consigo. Con ella hacía señales a la oscuridad. Como otras veces, nos contaba una historia que le había contado su hermano sobre una familia que había tenido que huir de su país.

–Ellos establecieron un sistema de señales por si, durante el viaje, se perdían los unos de los otros. Lo que tenían que hacer era esperar a la noche y mirar a lo lejos. Mejor si había una montaña alta. Y entonces hacer señales hacia ella, así.

Dibra encendía y apagaba. Encendía y apagaba. Su voz se tornaba soñadora.

–Mi hermano Konstandin y yo inventamos un sistema de señales. Por si nos perdíamos en el mar, poder localizarnos. Es sencillo. Primero haces tres. Luego, dos. Luego, uno. Y luego, otra vez tres. Entonces dejas pasar un minuto y vuelves a probar. Acordaos todos de mirar a las montañas por la noche, porque en alguna puede estar mi hermano mandando su señal, ¿entendéis? Y, si lo veis, venid corriendo a decírmelo.

Ella hacía las señales y todos la mirábamos. Dibra quería mucho a su hermano y a su mamá, y cuando hablaba de ellos siempre se ponía triste. Solo que no le gustaba que los demás viéramos eso, y, si se daba cuenta, hacía aquel gesto con la nariz y nos miraba como diciendo «no estoy triste, ¿eh?».

Fue entonces cuando sucedió lo inesperado, una vez que Nadia hubo terminado de desenredarle el pelo y que Dibra empezó a trenzárselo otra vez. De repente, Wole levantó una mano y señaló hacia la trenza de Dibra.

–Eso –dijo Wole.

Wole lo dijo y Dibra lo miró muy serio y yo me asusté.

NUEVE

Levanté mi mano y señalé mi reloj. Wole recogió sus jaulas y los cuatro nos pusimos en marcha hacia la cola para la cena. Dibra iba pensativa mientras caminábamos entre la gente.

–No te voy a dar una trenza, Wole –dijo Dibra cuando al fin llegamos–. Eso ni lo sueñes.

Wole la miró y luego se encogió de hombros. Las jaulas, dos artilugios pequeños, cada uno con un grillo en su interior, colgaban del hombro del muchacho y yo las miraba. Y Dibra me miró a mí y yo a ella.

–A ver, Wole, enséñame esas jaulas.

Wole se las acercó y Dibra las estudió con detenimiento.

–Estas son unas jaulas muy feas, Wole.

–Ah, tú dijiste.

–Ya, pero no. Lo que yo quiero son jaulas mejores. Y con mejores bichos. Mira, estos ya ni cantan.

Los dos estuvieron negociando un rato. Tres jaulas, decía Dibra. Una para ella, otra para Nadia y otra para mí.

–¿Tú qué quieres, Isata, grillo o luciérnaga?

Yo le dije que luciérnaga. Wole nos miraba a las tres. Quedaba por ver la longitud del trozo de trenza.

–Así –dijo Wole.

–Ni lo sueñes. Así –dijo Dibra. Era un pedazo de unos diez centímetros, más o menos. Wole dijo que sí con la cabeza y los dos se dieron la mano para sellar el pacto. Después, Dibra quiso saber cuándo las tendría y Wole levantó otra vez la mano y alzó dos dedos. Dos días, ese era el mensaje.

Después nos quedamos callados mientras más y más gente se sumaba a la cola. Atardecía y yo estaba muy contenta. Más contenta de lo que había estado nunca. Hubiese sido capaz de cantar.

Solo que mi voz siguió allí encerrada en ese lugar de mi garganta en que vivía.

DIEZ

El contenedor de Nadia, por dentro, era cortinas azules y sillas de plástico y moscas y olor a niño sucio. A veces, huyendo del calor, nos sentábamos ahí y calentábamos agua en el hornillo y hacíamos té. En una pared había un mapa muy grande. Dibra solía levantarse y señalarlo.

–Este es nuestro país, el país del que vinimos. ¿Es este también tu país, Isata? –me decía.

Pero yo le decía que no sabía, porque era muy pequeña cuando vine al campo y no me acordaba. Ellas se miraban y, luego, a mí.

–No puedes saberlo –decía Nadia.

–Sí, lo es. ¿No ves que entiende lo que decimos? –decía Dibra.

A veces ellas contaban sus viajes. Todas las fronteras que habían cruzado hasta llegar al campo.

–¿Ves? Aquí es donde estamos ahora. Y de aquí, de este otro lado del mar, es de donde vinimos Nadia y yo, y de donde creemos que viniste tú también –decía Dibra. Yo estaba atenta.

Dibra tomaba aire. Rememoraba.

–Mira, esta era nuestra ciudad. Por esta zona estaba el colegio al que yo iba. Estudiaba francés e inglés. Y piano. Pero luego cambió el régimen, ¿entiendes? Hubo un golpe de estado. Y todos empezaron a preocuparse mucho. Mi padre, mis tíos. Un día, mi tío Pavli llegó a casa y dijo que nos teníamos que ir. Que había que hacer maletas con lo imprescindible y dejar lo demás atrás. Nos fuimos. Luego supe que, a los dos días de irnos, habían empezado a caer las bombas en nuestro barrio. Empezamos a viajar. De aquí hasta aquí fuimos en un autobús. Entonces cruzamos esta frontera. Después estuvimos escondidos unos días en un piso hasta que el tío Pavli consiguió plaza en una camioneta en la que iban otros veinte. Así cruzamos otra frontera. Hasta aquí. En esta ciudad estuvimos más de un mes, mientras el tío hacía gestiones. Luego seguimos. De aquí hasta aquí, siguiente frontera, lo hicimos escondidos en la bodega de un ferry. ¿Ves? Ya habíamos llegado al mar. Quedaba lo más difícil. Entonces Pavli consiguió contactar con unos tipos que te cruzaban en barcos. Pagó mil dólares por viajero. Éramos mi padre y mi madre, Kostandin y yo, y, aparte, el tío Pavli, la tía Dardana y mi primo Ylli. Empezamos a cruzar. No era un barco grande, sino más bien una barcaza, e íbamos por lo menos cien personas dentro. Todos apelotonados y unos metidos entre las piernas de otros. Tenías que pedir permiso para moverte y no se podía ir al baño ni nada. Te puedes imaginar la peste. Yo vomitaba todos los días un montón de veces. No podía ni comer. Fue por aquí, calculo, que las cosas empezaron a ponerse de verdad mal, porque en el fondo de la barcaza había siempre como un palmo de agua, mezclado con aceite y orina y mierda, y los hombres estaban muy preocupados; porque, decían, cada vez había más agua. Y de pronto ocurrió. Ya no entraba un poco de agua, sino a montones. Todo el mundo gritaba y cogía latas o cubos para vaciar el bote. El que mandaba hablaba por teléfono con sus jefes y decía que iban a venir unas lanchas. La gente seguía gritando y algunos rezaban. Luego cayó la noche y vimos que nos hundíamos. A mi alrededor saltaban al mar y yo me ajusté el chaleco, me abracé a Kostandin y nos tiramos también. El agua estaba muy fría y todo el mundo braceaba. Suerte que era verano, si no, habríamos muerto todos. Lo peor era la oscuridad. Y cómo brillaba la espuma. Mi madre gritaba: «Dibra, ¿dónde estás?». Luego perdí a mi hermano y encontré a mi padre. Pasadas un par de horas, llegaron dos lanchas y empezamos a nadar. El chapoteo de la espuma en la noche tan negra era la propia angustia. Mi papá me agarró, o sentí que me agarraba, y que tocaba algo sólido. Ya no me acuerdo de mucho más. Solo que amanecía y yo estaba en una lancha con mi padre, pero que ahí no estaban ni mi mamá ni mi hermano ni mis tíos. Y que no había ni rastro de la otra lancha.

A Dibra no le gusta hablar de política. Ella dice que siempre hay unos que piensan una cosa y otros que piensan la otra. Y que ella está a favor del que no tire bombas. Un día, en la puerta del campo, se enfadó mucho. Señaló a las letras que había escritas.

–¿Sabes qué pone ahí, Isata? Pone «Bienvenidos» en tres alfabetos distintos. «Bienvenidos», ¿entiendes? Y dime, Isata: cuando alguien es bienvenido en tu casa, ¿tú qué haces? ¿Lo pasas al salón y le das una manta y un té o lo dejas en una jaula en la entrada pasando frío? «Bienvenidos» no significa nada aquí. No es más que una palabra vacía, un agujero negro.

Luego se puso a tirar piedras al cartel. Los soldados se pusieron muy nerviosos. Después, su padre se enfadó y estuvo gritándole toda la noche. Yo estaba debajo de la ventanita de su barracón y es como si me hubiera estado gritando a mí.

–¿En qué pensabas, Dibra, en qué pensabas?

Y Dibra no decía nada. Ni yo tampoco.

ONCE

Esa es la historia de Dibra. La mía es más simple, pero también más confusa, porque no son más que imágenes que saltan.

Recuerdo un valle. Una aldea.

El valle era azul. La aldea, marrón.

Recuerdo mis manos teñidas de rojo y recuerdo caminar junto a alguien en la madrugada.

Recuerdo el vapor de nuestras respiraciones. Las risas de los niños.

Recuerdo que alguien caminaba a mi lado una mañana. Y entonces bum.

Bum y el sonido se convirtió en un gusano y el gusano entró por mi nariz y bajó hasta mi garganta y se anudó allí.

Después todo es más confuso aún.

Una mujer alta camina a mi lado por una carretera rojiza.

Hay gritos, angustia. Voy en la parte de atrás de un camión. Y luego soldados. Disparos. Algo cayendo a mi lado. Como un saco que alguien hubiera dejado caer desde una ventana.

¿Y entonces?

Nada. Silencio. Un silencio de dentro de mí. Y siluetas. Siluetas que avanzan y, de pronto, la tierra acabándose.

Yo pensé que era otro valle azul.

Pero era el mar.

Alguien lo dijo: «El mar, el mar».

Y ya.

Después, un día, estaba aquí.

Otro día bajé por la carretera hasta las dunas y me encontré de nuevo con el mar.

Dibra me dijo que estábamos al otro lado.

Esa es mi historia.

DOCE

Wole había levantado la mano y había puesto dos dedos. Y nosotras, claro, le dimos los dos días. ¿Qué otra cosa había que hacer en el campo?

Dos días en el campo quiere decir que haces dos veces cola para desayunar y dos para comer y dos para cenar. Que dos veces te dan un plátano pocho y dos veces comes arroz con cosas y dos veces te dan una hamburguesa fría y envuelta en plástico por la noche. Luego te buscas un rincón para comértelo.

A ratos, también, te pierdes y bajas a las dunas y miras al mar. A ratos miras al cielo o miras para los montes que quedan al norte. A ratos te refugias del calor insoportable del mediodía y te desespera el canto interminable de las chicharras.

Pero sí pasó algo esos dos días. Y fue que Wole, después de haber levantado los dedos y de que yo hubiera estado tan contenta que habría podido cantar, se marchó rumbo a su tienda y ya no lo vimos más.

No estaba en su puesto al día siguiente ni tampoco al otro. Nosotras, al pasar, mirábamos hacia allí y nos encogíamos de hombros.

–Ya vendrá –decíamos.

Pero llegó la tarde en que él tenía que comparecer con las jaulas y tampoco estaba en su puesto. Luego empezó a atardecer y vino Nadia con unas tijeras plateadas y se sentó con Dibra y conmigo. Dibra miraba a lo lejos.

–¿Qué hago? –dijo Nadia.

–Espera.

Dibra entró en su contenedor y sacó su baraja y ahí estuvimos pasando el rato hasta la hora de hacer cola para la cena. Después cenamos. Después nos volvimos a sentar y a jugar a las cartas, pero Wole seguía sin aparecer. Se hizo de noche y la luna empezó a caminar por el cielo y los sonidos se hicieron más escasos y más nítidos. Los hombres oían la radio y fumaban. Luego se paró la música y vimos llegar al padre de Dibra y al padre de Nadia. Nos miraron.

–¿Qué hacéis aquí las tres? –dijeron.

–Tomamos el fresco –dijo Dibra.

Los padres se miraron y se encogieron de hombros. Aún estuvieron ahí un minuto, hablando. Luego nos volvieron a mirar y se despidieron, y el padre de Nadia le hizo un gesto a su hija y Nadia se fue tras él. El padre de Dibra entró en el contenedor y lo oímos lavarse los dientes y acostarse. La oscuridad era cada vez más profunda y nosotras la perforábamos con nuestros ojos, pero eso no hacía que Wole viniera. Al final, el padre de Dibra se enfadó.

–Dibra, ya –dijo desde dentro.

Ella me miró muy triste y me dijo que me fuera a acostar yo también. Después entró y la puerta del contenedor se cerró. Yo me acurruqué en la puerta como si fuera un perrillo y ahí mismo, después de dar muchas vueltas, me dormí.

Pero eso tampoco hizo que Wole viniera.

TRECE

–Es raro –dijo Dibra una mañana.

Estábamos en la cola para llenar las garrafas de agua y Dibra había seguido con la mirada a un niño que llevaba una camiseta amarilla. Por supuesto, yo sabía a qué se refería, pero Nadia no.

–¿El qué?

–Lo de Wole –dijo Dibra.

–Lo de Wole, ¿qué?

–Que no aparezca.

–Ah, eso –Nadia pestañeó, se encogió de hombros–. Bueno.

Dibra me miró y yo le enseñé mi mano con mis cinco dedos abiertos. Todos esos días hacía que Wole no aparecía con su mercancía y ponía su puesto. Y era muy extraño. Porque podía faltar un día o dos, pero nunca había pasado que faltara tantos. La conversación se reinició por la tarde. Habíamos atravesado la garita y habíamos cruzado la carretera y nos habíamos adentrado hasta lo más alto de las dunas para poder contemplar el mar. Cerca de nuestros pies se movían escarabajos acorazados y brillantes como metal y Dibra había arrancado un par de manzanitas. Una higuera nos daba sombra.

–Lo que pasa –trataba de explicar Nadia– es que Wole sabe que la ha fastidiado. Y le da vergüenza, por eso no viene.

Dibra se quedó pensativa.

–Ya, pero eso tendría sentido si hubiera aparecido los días antes de que se cumpliera el plazo. Y no lo hizo, ninguno de los dos.

–No sé, a lo mejor está enfermo –dijo Nadia, a quien no le interesaba lo más mínimo la cuestión. Después se echó a reír y Dibra la fulminó con la mirada–. Imagínate –dijo.

–¿El qué?

–Imagínate que te hubieras cortado la trenza.

A Dibra no le hizo gracia ni a mí tampoco. Quedó un silencio largo que solo estremecían las hojas de la higuera. Un par de chorlitejos llegaron desde la parte alta de la playa y empezaron a pajarear cerca de nosotras. Los escarabajos habían huido. Abajo, cerca de la orilla, jugaban al fútbol un grupo de niños. Habían hecho una pelota con trapos y habían clavado unas cañas en la arena y habían dejado los viejos zapatos a un lado. Gritaban y se animaban unos a otros y eran como pájaros de colores. Dibra los miraba y yo sabía por qué.

Y es que eran todos igual de flacos y de tizones que Wole.

–Vamos –dijo Dibra de pronto.

–¿Adónde? –dijo Nadia, pero yo sí lo sabía.

–Ahí –señaló Dibra.

Así que nos levantamos las tres y echamos a andar playa abajo. De cerca, las pieles de los niños brillaban al atardecer y olían como el mar. Si uno marcaba un gol, echaba a correr hacia el agua y se zambullía y daba una voltereta.

Nos miraron mientras nos acercábamos.

CATORCE

Dibra llegó hasta los niños, se puso en el centro de su corro y los miró fijamente.

–Wole, ¿lo conocéis? –dijo en inglés.

Los niños comentaron entre sí. No hablaban nuestro idioma, pero algunos sí que chapurreaban el inglés.

–Wole –insistía Dibra–, así, pequeño, con camiseta amarilla...

Los niños nos miraban.

–No, no –decían.

–Wole, el de las cometas, el que tenía un puesto de juguetes en el sector tres...

Pero no sabían. Así que nos apartamos de ellos. Más allá, en la parte alta de las dunas, había un grupo de muchachas sentadas bajo las pitas. Y allí fuimos.

–¿Conocéis a Wole? –les preguntó Dibra. Y otra vez lo describió.

–No.

Así pasamos la tarde. Así pasamos los siguientes días.

QUINCE

Dibra, los siguientes días, se convirtió en un martirio. Todo el rato tenía la cabeza alta, los sentidos alerta. Buscaba en los ojos de las otras personas, como si le fuera posible saber quién conocía a Wole y quién no solo con mirarlo.

–¿Conoces a Wole? –le preguntaba a cualquiera, tal vez a una mujer que tosía en la cola para conseguir algún documento.

–No.

–¿Conoces a Wole? –esta vez eran dos muchachos llenos de granos que se habían sentado donde los depósitos de agua a comer su arroz con cosas, su puré de patatas y su filete empanado.

–No.

–¿Conoces a Wole? –ahora era una chica que hacía cola donde Acnur para conseguir el cheque de cincuenta euros del mes.

–Sí.

–¿Y sabes dónde lo puedo encontrar?

–Él tiene un puesto, ¿no? ¿No vende juguetes y jabones?

–Sí, pero hace ya días que no aparece.

–¿No? Pues no lo había notado.

Nadia, a veces, se enfadaba con Dibra.

–¿Y qué más te da? –le decía–. Es solo un niño. Y ni siquiera llegaste a cortarte el pelo. ¿Es por la jaula?

–No es por la jaula.

–¿Entonces qué es?

Dibra estaba confusa. Miró hacia Nadia y luego hacia mí.

–No sé. Es raro. Ya te lo dije.

–¿Raro el qué? –dijo Nadia.

–Lo de Wole. Me preocupa –Dibra me miró y me sonrió y me acarició el pelo–. E Isata también está preocupada, ¿verdad?

Y yo le dije que sí con la cabeza. Además, estaba muy de acuerdo con Dibra. Yo no hubiera podido ni respirar si hiciera seis o siete días que no sabía de ella.

Esa tarde volvimos a encontrarnos, cerca del atardecer, entre las dunas. A nuestros pies se desparramaba el campo. Los miles y miles de contenedores con sus personas a la puerta y su ropa tendida y, fuera de la alambrada, el mar multicolor de las tiendas de campaña de los que aún estaban sin clasificar o de los que, simplemente, no cabían.

Y gente, gente, gente, gente. Gente por todas partes. En corros, en colas, amontonados. Gente que iba, que venía, que se cruzaba.

–¿Cuánta gente habrá ahí? –preguntó Dibra, pero lo preguntó al aire.

–En las noticias dijeron que había como cincuenta mil –dijo Nadia.

–¿En qué noticias? ¿Cuándo has visto tú las noticias?

–Yo no las vi, pero alguien se lo dijo a mi padre.

Dibra reflexionó.

–Cincuenta mil personas es lo que cabe en una ciudad pequeña.

–Sí.

Dibra movió la cabeza y yo sabía por qué la movía, porque a ver cómo encontrábamos a Wole en mitad de toda aquella gente.

–¿Alguien se fijó en el carné de Wole, alguien lo vio alguna vez? ¿No lo llevaba colgado del cuello a veces?

Dibra se refería a la identificación que te dan en el campo cuando haces la solicitud para ser refu, y era cierto que había quien la llevaba al cuello, pero ni Nadia ni yo teníamos ni idea. A nuestra derecha, bajando la ladera, se extendían campos de cultivo y varios tractores pasaban ahora levantando columnas de polvo. Polvo era, también, lo que había más allá del saladar, hacia la sierra que se veía a lo lejos.

Entonces, el sol bajó un poco más y entre el polvo surgió un destello. Nos estremecimos las tres.

Porque hacia el norte esperaba la frontera. Y el destello provenía de una de las torres de vigilancia. Donde esperaban los soldados armados.

Dibra se levantó y se sacudió el polvo del trasero.

–Remojémonos los pies –dijo.

Nos fuimos las tres para la playa.

DIECISÉIS

–Recapitulemos, Isata, pensemos qué sabemos de Wole –dijo Dibra.

Otra vez era por la tarde y estábamos las dos delante de su contenedor. Dibra había sacado un par de onzas de chocolate de las que le solíamos comprar a Wole y nos las habíamos comido con té hecho en el hornillo. Después se había sentado en una silla y se había puesto de espaldas a mí y se había soltado el pelo. Yo, con mucho cuidado, lo iba desenredando y peinando.

–Sabemos que se llama Wole, bien, punto para nosotras –decía–. ¿Qué más?

Yo me toqué la camiseta y el pantalón. Dibra sonrió.

–Sí. Sabemos que tiene una camiseta amarilla y un pantalón tirando a verde: otro punto; más cosas...

El pelo de Dibra era suave y espeso, pesaba en las manos. Olía a alguna flor que alguna vez estuvo en algún jardín.

–¿Sabemos, por ejemplo, su número de carné? No. Punto para los malos –decía ella–. ¿Sabemos su apellido? Tampoco, otro punto para ellos. ¿Sabemos el sector en el que vive? Tampoco.

Dibra suspiró. Yo tiraba suavemente de su pelo. Lo sujetaba arriba con una mano y después iba descendiendo muy despacio. Se levantó un poco de viento y pareció, durante un instante, que no éramos más que dos niñas normales a la puerta de una casa en un pueblo. Dibra volvió a suspirar.

–Y todo esto no es más que el principio, ¿sabes por qué?

Yo negué con la cabeza.

–Porque, piénsalo, Isata: no sabemos si él estaba aquí solo o con algún familiar. Ni de qué país vino. Ni dónde dormía o si tenía amigos. No sabemos nada de su historia, Isata.

Yo solté una de sus largas guedejas y cogí la siguiente. Ella cerró los ojos.

–Y eso no está bien, ¿entiendes?

Y yo lo entendía.

DIECISIETE

La encargada del sector de clasificación de ropa se llamaba Gina y era morena y bajita y gordita. Cada tarde pasábamos junto a ella y ella nos saludaba con aquella mirada y aquella sonrisa que hacían que Dibra levantara la nariz.

–¿Cómo estáis, chicas?

–Bien, tratando de que nos crezca un poco más el cuerno de la frente para poder colgarnos más gominolas –decía Dibra.

Por supuesto, Gina no lo entendía, pero se reía como si aquello fuera muy gracioso, lo que hacía que Dibra levantara aún más la nariz. Después nos organizábamos. Gina nos iba diciendo si había llegado algún camión y adónde teníamos que ir. Nosotras cargábamos las bolsas y empezábamos a clasificar. Gina supervisaba.

–Mejor haced otro paquete con esas –decía.

O:

–Todos esos abrigos vamos a guardarlos en el almacén para el invierno.

Nosotras trabajábamos y, en general, hablábamos poco con ella. Ella lo había intentado al principio, pero lo había dejado hacía tiempo.

Aquella mañana, Dibra y Nadia no hacían más que mirarse. Al final fue Nadia la que le preguntó:

–Oye, Gina, imagínate que hubiera desaparecido un niño...

–Sí, ¿qué?

–¿Qué habría que hacer para buscarlo?

–¿Buscarlo? A qué te refieres, ¿oficialmente?

–Sí.

–Bueno, yo iría y pondría una denuncia en el Comisariado. Y también se lo diría a la policía de aquí.

–Ah.

Luego seguimos trabajando. Gina nos miraba y nosotras sabíamos que ella nos miraba y ella sabía que nosotras sabíamos que nos miraba. Aguantamos así un rato. La bolsa que estábamos clasificando era pesada y oscura. Un ventilador zumbaba cerca de nuestras cabezas. Gina no aguantó más.

–¿Ha desaparecido alguien? –preguntó.

Dibra levantó la cabeza de lo que estaba haciendo como si acabara de despertarse de un profundo sueño.

–¿Desaparecido? No, no que yo sepa –dijo.

Dibra dijo eso y luego se quedó muy pensativa el resto del tiempo que estuvimos trabajando. Por supuesto, yo sabía lo que estaba tramando. Y cuándo iba a hacerlo.

Por supuesto, ella no se iba a librar tan fácilmente de mí.

DIECIOCHO

Así que esa noche, cuando terminamos de cenar, me bebí un montón de agua porque sabía que eso era lo que iba a hacer Dibra. Luego me acosté y luego me desperté cuando todavía era de noche con muchas ganas de orinar. En mi reloj decía que eran las cuatro y cuarto. Salí corriendo para el retrete. En la cola, una cola muy corta, estaba ya Dibra. Me vio llegar a la luz de la farola y me sonrió.

–Eres una chica lista, Isata –me dijo, y me acarició la cabeza y se quedó pensativa–. De algún modo me lees la mente, ¿no es cierto?

Aquello pareció divertirle y nos quedamos las dos, la una al lado de la otra. Luego hicimos nuestras cosas y fuimos a desayunar. Sobre las seis y media, ya estábamos libres y corrimos hasta la verja que separaba la zona de los refus de la de la gente de Acnur. Por supuesto, ahí había otra cola y nos sentamos a esperar. Había amanecido ya hacía rato cuando abrieron la verja y eran más de las nueve cuando al fin entramos en las oficinas. Yo nunca había estado allí.

Era un sitio muy grande y con un suelo muy limpio y con aire acondicionado. Había macetas y sillones y mesas y pantallas y grandes mapas en las paredes. También había cinco personas detrás de cinco mesas. Cada una tenía su ordenador y su montón de papeles. Una chica nos dijo a qué mesa teníamos que ir. El funcionario tenía los ojos casi verdes.

Nosotras nos acercamos y yo ya vi que todo iba a ir mal. Porque Dibra es como es. Y el tipo era como era. E hizo justo eso de mirarnos como si fuéramos un par de niñas que hubieran perdido su bolsa de caramelos.

Justo lo que más cabreaba a Dibra.

–¿Qué tal, niñas? ¿Qué queréis?

Y dijo «niñas» con aquel tono. Dibra procedió a levantar la nariz. A tomar aire. Luego le fue contando: Wole desaparecido desde hacía tantos días y nosotras preocupadas. Él nos miraba. No llevaba gafas, pero me dije que debería llevar unas. Luego suspiró.

–OK, ¿sabéis los apellidos de vuestro amigo? ¿Su número de identificación?

–No.

–Ah.

Luego hubo un silencio en nuestra mesa. Alguien hablaba en una de las otras; un tipo muy alto. Nuestro funcionario tamborileaba con los dedos en la mesa y nos observaba como si aquello fuera muy divertido, como si estuviera deseando que saliéramos por la puerta para acercarse a los otros funcionarios y contarles: «Si vierais esas niñas que acaban de salir...».

–Niñas, si no me decís más cosas, hay poco que pueda hacer... Ha desaparecido un niño, pero no sabemos cuál. Venís vosotras a reclamarlo, pero no sabéis quién es.

–Se llama Wole –dijo Dibra–. Tal vez podría teclear eso en el ordenador.

–Wole, bien. ¿Conocéis su nacionalidad? ¿Cómo se escribe ese nombre? ¿Es con uve doble, con be o con uve? ¿Estáis seguras de que no es Woleh o Wolah, con hache al final?

–Podría teclear Wole: uve doble, o, ele, e. A ver qué sale. Y luego las otras opciones –dijo Dibra.

El tipo la miró como si fuera la típica niña lista. Sonrió otra vez.

–Cariño, necesito más datos –dijo.

–Ya veo. ¿Puedo, entonces, presentar una denuncia?

–Claro.

Él se puso a teclear; luego le dio a un botón para que una impresora empezara a echar papel. Se lo tendió a Dibra, y también un boli, para que lo firmara. Luego le dio una copia y volvió a sonreír de aquella manera.

–No te preocupes, le daremos el curso que corresponda. Y seguro que tu amigo está bien.

Sonrió otro poco y puso las manos sobre la mesa, lo que quería decir que teníamos que levantarnos e irnos. Y eso hicimos. Fuera, al acabarse el aire acondicionado, nos golpeó nuestra vida. El sol, el polvo, el brillo de las piedras. Dibra y yo nos fuimos caminando un trecho hasta llegar a la sombra que proyectaba una tapia sobre el arcén. Ahí nos sentamos. El asfalto humeaba. Dibra miró hacia los montes. Luego me miró a mí.

–A ver, Isata, si fueras un número, ¿qué número serías?

Yo la miré. Ella sonrió. Yo levanté una mano. El tres. Ella sonrió otra vez.

–Yo el siete, pero ¿sabes qué? Que no somos números, por más que ese nos trate como si fuéramos. Tú no eres un número, Isata. Yo tampoco. Y Wole tampoco.

Luego se levantó y se sacudió el polvo del trasero.

DIECINUEVE

–Hay muchos niños en los campos. Demasiados –dijo Dibra.

Y tenía razón. Niños de todos los colores. Más blancos, más rubios. Más negros. Muchos de ellos solos. Porque sus familias desaparecieron por el camino, o se ahogaron en el mar, o los dejaron atrás.

A veces los niños encuentran amigos en el campo. A veces no.

A veces ves que caminan solos entre los barracones. Niños que se sientan y lloran, o que se sientan y solo miran a través de la alambrada. Niños que van solos por la carretera, que deambulan entre las espinas.

A veces hay niños que no hablan, como yo. Niños con pozos en la mirada.

Y cada niño es de piel y huesos y sangre. Y cada uno es una historia.

A veces, en el campo, un niño muere. A veces, en el campo, un niño deja de estar. De repente, una mañana, ya no se le ve por donde se le solía ver. Si ese niño iba solo entre los barracones o por la carretera o deambulando entre las espinas, no hay nadie que se pregunte por él y luego es olvidado.

Olvidado, el niño de piel y huesos y sangre.

Yo me aprieto el brazo, me pongo los dedos sobre la frente. Noto mi calor. Noto mis pensamientos. Si yo desapareciera, ¿quién preguntaría por mí?

¿Los voluntarios, los de Acnur?

No, ellos harían una marca en sus libretas de estadísticas.

Y es que sobre los niños y sobre las mujeres hay una palabra que sobrevuela como un buitre. La palabra es mafia.

Mafia es lo que tenemos todos los refus en común. Porque todos llegamos aquí a través de la mafia. Mafia para contratar camiones, para viajar escondido, para cruzar el mar, para dejarlo atrás.

–Mafia significa dólares –decía Dibra.

Pero la mafia no desaparece al llegar aquí. Hay otra mafia, una que espera a los niños solos, a las mujeres.

Esa otra mafia es el mayor temor de los niños aquí. Desaparecer así.

Porque morir es morir. Uno se muere y ya está. Cuando uno muere, ha muerto el universo entero. Pero desaparecer en manos de esa otra mafia significa muchas cosas antes de poder morir. Cosas que implican hombres sudorosos, y gritos, y golpes, y sangre, y lágrimas.

¿A quién llaman, en mitad de la noche ardiente, los niños que desaparecen? ¿Cuándo dejan de llamar? ¿A qué hora dejan de llorar?

En todas esas cosas pensaba Dibra cuando pensaba en Wole. Y yo sabía que, para ella, pensar en Wole era pensar en su mamá desaparecida, en su hermano desaparecido.

Por eso era importante. Por eso aquella mañana hicimos otra vez cola en el locutorio y pasamos bajo la mirada azul de Fabio hasta la cabina y escuchamos la voz del señor Tahiri.

–No, tu padre y tu hermano no han llamado, Dibra –decía la voz, que estaba cansada, que estaba preocupada.

–Ya, ¿y de los demás se sabe algo? ¿Del tío Pavli o del tío Gjon?

–No, Dibra.

Luego, el señor Tahiri volvió a preguntar si necesitaban dinero y Dibra volvió a decir que estaban bien. Luego salimos y yo miré la hora y Dibra se encogió de hombros y nos fuimos, muy despacito, a nuestra cola.

VEINTE

Quedamos en un punto muerto, entonces. En una especie de silencio. Uno que nos englobaba a Dibra y a mí, pero también a todo lo demás. Al campo, al mar de tiendas de campaña, y más allá: el saladar, los olivos, las dunas, las palomas torcaces.

Dibra, Nadia y yo nos convertimos en vagabundas.

Nos levantábamos muy temprano para ponernos pronto en las colas y así tener tiempo. Después caminábamos por el campo. Poco a poco fuimos saliendo de nuestro sector, entrando en zonas donde la gente tenía otros colores y otra forma de vestir y otros lenguajes. Mirábamos en todos los rincones. Si alguien hablaba nuestra lengua, le preguntábamos por Wole. En las paredes en las que se escribían mensajes, dejábamos notas para él. La gente nos miraba desde la puerta de las carpas y de las tiendas de campaña. Los niños pequeños, si nos veían pasar, detenían sus juegos, como si fuéramos arrastrando la tristeza detrás de nosotras. Algunas tardes atravesábamos la garita, bordeábamos la alambrada y nos perdíamos en el mar de tiendas de campaña. El corazón se nos paraba si veíamos una camiseta amarilla.

Otro día cruzamos la carretera y bajamos por las dunas y nos detuvimos a contemplar la playa. Luego, Dibra miró hacia el otro lado y las dos fuimos bajando, dejando el mar a nuestra izquierda. Allí había un puesto que la Cruz Roja había instalado años atrás, cuando llegaron los primeros refus y antes de que se montara el campo. Ahora estaba abandonado. Por ahí paseamos Dibra y yo. No había nada, solo jirones y sal y más tristeza. Luego nos sentamos un poco más allá, al pie de unas pitas.

–¿Qué es la amistad, Isata? –me dijo–. ¿La amistad es «me gusta jugar a las cartas contigo y que nos peinemos»? ¿O es «tengo una piedra en el corazón porque no sé dónde estás o si estás bien»?

Después estuvo mucho rato callada. A ratos yo veía que se le iba la mirada hacia un sendero que seguía la línea de la costa en dirección al pueblo. Me estremecí.

–Ven, te enseñaré una cosa –dijo.

VEINTIUNO

El sendero se adosaba a una loma y luego bajaba recto hacia la playa, el mar a nuestra izquierda. Lo bordeaban albardines y jaras que nos acariciaban las piernas conforme pasábamos. Yo iba al lado de Dibra y tenía miedo. Ella susurró.

–Tranquila. No mires ahora. O, si quieres, cierra los ojos. Yo te llevo de la mano –dijo.

Eso hicimos. Yo cerré los ojos porque no quería ver el «lugar al que no se mira». La mano de Dibra era áspera y yo notaba las piedrecillas del camino y el bordoneo de los insectos.

–Ya puedes abrir los ojos –dijo Dibra. Y yo los abrí, pero no le solté la mano.

Al poco, ya estábamos. Eran barcos lo que Dibra quería enseñarme. Un montón de barcos varados en tierra, barcos despintados, destrozados, unos de madera, otros de goma. Lanchas lo mismo que barcos de pesca, tirados unos encima de los otros, batidos por el viento, oliendo a termitas.

Dibra se paró en medio de todo aquello. Me señaló:

–¿Ves ese número? –dijo, y era verdad que cada barco tenía pintado un número en rojo–. Es para catalogarlo. Para los juicios que se tengan que hacer por tráfico de personas. Y ese otro es el de la fecha de llegada.

Dibra se acercó a uno de los lanchones, lo tocó apenas con la mano.

–¿Ves? Este llegó el cinco de marzo del año pasado.

Luego seguimos camino. Aquello era un laberinto de maderas, plásticos, lonas y cuerdas. Algunos barcos estaban ya casi descompuestos. Dibra encontró un pasillo estrecho y nos colamos, luego hubo que agacharse para pasar por debajo de una proa. Al final se detuvo ante un barco de pesca pintado de negro y azul. Suspiró.

–El trescientos diecisiete –dijo, luego sonrió–. Este es el barco que me recogió cuando el otro se hundió.

Se sentó en el pedazo de playa que quedaba frente al barco, arrancó con rabia una azucena de mar y se puso a temblar. Entonces me di cuenta de que estaba llorando unas lágrimas gordas como huevos de codorniz. Yo nunca había visto a Dibra llorando.

—El mar vibra, pero no se ve nada. Todo es oscuridad. Nada en el cielo, nada a tu alrededor. Solo el ruido de la gente llamándose y chapoteando. La espuma que la gente levantaba era como rayos de angustia y de miedo. «¿Vendrán?», pensabas. «¿Vendrá alguien?». Eso pensabas primero y luego, cuando ya estabas tiritando, en el trescientos diecisiete, te preguntabas: «¿Subieron todos? ¿Quedó alguien atrás?». A veces sueño eso por la noche: que grito y grito y nadie me oye y las luces del barco, lentamente, se van alejando. Y sigo gritando y gritando y gritando y manoteo en el mar. Entonces me despierto.

Ella estaba sentada. Yo permanecía de pie, a su lado, como si fuera una estatua que esperara. La tarde iba bajando y empezó a hacer frío y yo entendí que Dibra estaba pensando en abandonar la búsqueda de Wole.

Sin embargo, fue esa la noche en que todo estalló. Fue esa la noche en que ya no nos quedó más remedio.

VEINTIDÓS

Todo empezó como un rumor en la madrugada, en la carpa de los huérfanos. Hacía un calor de fuego en aquella cama que compartía con las otras niñas. Dos de las voluntarias habían encendido una luz, se habían asomado y habían pasado con cuidado entre las camas. Luego habían vuelto a su zona y habían hablado en voz baja.

–¿Quién podrá ser? Aquí están todos –dijo una de ellas.

Después hubo susurros, y fuimos sabiendo la historia.

Un niño había aparecido muerto.

Un niño de unos diez años, negrito, desnudito.

Lo había encontrado un agricultor al final de su campo de melones. Primero, una mancha de color; luego, el cuerpo semiescondido, semienterrado.

La noticia había corrido, saltando los cultivos, el saladar, las pitas, hasta el campo.

–Vamos a contarlos otra vez.

Y eso hicieron. Otra vez pasaron entre las camas como fantasmas leves mientras bisbiseaban. Y yo salí corriendo a buscar a Dibra. Llegué a su contenedor antes de que se abriera la puerta y, para cuando el padre se asomó, la noticia ya andaba dispersándose por el aire. Uno podía casi olerla. Entonces, Dibra apareció y yo la cogí de la mano y tiré de ella.

–¿Qué te pasa, Isata? ¿Qué tienes?

La llevé al corro que se estaba formando para la cola del desayuno y ella solo tuvo que poner un momento la oreja. Me miró.

–No será él, no será él –dijo–. Ya verás como no es él.

Nos miramos. Después echamos a correr. Nadie tenía ganas de desayunar aquella mañana. Era lejos. Tuvimos que identificarnos en la garita de salida, dar toda la vuelta al campo y seguir un trecho por la carretera. Más allá empezaban los senderos de tierra rodeados de cañaveral y los campos de cultivo. Ahí ya vimos al grupo de soldados y a los médicos y a la policía que rodeaban el cuerpo. Nos acercamos.

–No podéis pasar, niñas –nos dijo uno de los soldados.
–Pero tenemos que saber si es nuestro amigo.
–No se puede pasar.
–¿Sabéis cómo se llama?
–No, no lo sabemos. Por favor, marchaos.
No nos fuimos.

VEINTITRÉS

No nos fuimos. Estuvimos allí hasta que todos aquellos médicos y policías terminaron de hacer lo que estaban haciendo y subieron el cuerpo a una lona. Era un cuerpo muy pequeño que no parecía pesar apenas. Cuando pasaron cerca de nosotras les gritamos.

–¿Quién es? ¿Quién es?

Pero ellos no nos dijeron nada. Después empezamos a andar de vuelta al campo. Había pasado la hora del desayuno y nos pusimos en la cola para la comida. Por la tarde, las mujeres empezaron a gritar y a llorar, porque, en un campo, cuando un niño muere, muere un hijo de cada madre. Los hombres encendieron velas y hogueras. Dibra, sentada en la parte de atrás de su contenedor, hacía sus propios planes.

–Lo tienen en la carpa grande, al lado de las oficinas –decía.

–¿Y qué? –decía Nadia.

–Que debemos saber.

–Estás loca.

Pero Dibra no hablaba con Nadia, sino conmigo. El entierro iba a ser aquella misma noche, así que había que darse prisa. Caía la tarde.

–Tienes que ayudarnos –le dijo Dibra a Nadia.

Y Nadia, al final, se vino.

Por la zona de las oficinas y donde está el hospital siempre hay policías, así que debíamos andar con cuidado. Primero llegamos hasta la valla que rodea el campo y por ahí fuimos escondiéndonos detrás de la sombra de los camiones. Hubo que correr un trecho por la explanada donde están los generadores. Un hombre gritaba algo incomprensible y pasó un camión cargado de basura. Otra vez corrimos. Enseguida estuvimos a la sombra de la carpa hospital. Dibra miró hacia las ventanas. Eran unos cristales muy pequeños. Luego me miró a mí. Y luego a Nadia.

–Vamos a encaramarla –dijo.

Yo puse un pie y otro sobre la rodilla de cada una y luego ellas me izaron con las manos hasta la ventana. Me asomé. Nada. Solo una sala de hospital. Corrimos hasta la siguiente ventana y luego hasta la otra. Ahí sí lo vi. Había varios muebles, sillas y muchos útiles de medicina. Y, en mitad de todo, una mesa con ruedas y una sábana que tapaba un cuerpo que podía ser el de un niño. Le hice una seña a las otras para que me bajaran. Nos sentamos en una esquina y yo les expliqué por gestos. Dibra estaba pensativa. Yo miré a la ventana. Entonces le dije a Dibra que podía entrar. Ella dudó.

–¿Si entras vas a poder salir?

Volvieron a alzarme y yo volví a mirar. Había una mesa justo debajo de la ventana y estaba segura de que podría auparme después. Así que dije que sí y ella lo volvió a pensar.

–Vale –dijo.

–¿Y si le han hecho la autopsia? –dijo Nadia.

Dibra me miró. Yo me encogí de hombros.

Me subieron otra vez y yo me enganché con fuerza y pasé primero la cabeza y luego los hombros y luego lo demás. Después me descolgué hasta la mesa y de ahí al suelo. Me paré delante del cuerpo. Tomé aire.

Fue un momento. No me dio miedo.

No era Wole. Tampoco le habían hecho la autopsia.

Solté el aire.

VEINTICUATRO

Cada campo de refus tiene su propio cementerio. Ahí van las personas que mueren en él. Ahí van las personas que murieron en el mar y a las que nadie, en su lugar de origen, reclama. El de nuestro campo era un lugar siniestro y solitario.

Entre los olivos había un claro de forma rectangular, y allí los montones de tierra marcaban las tumbas. Sobre cada una de ellas, en la cabecera, había una pequeña lápida de piedra con un nombre y unos números. Los números, me explicó Dibra, eran lo mismo que habíamos visto en los barcos, nada más que una identificación y una fecha. A veces alguien dejaba una flor junto a alguna de las lápidas.

Esa tarde fueron muchas personas al entierro. Había un camino de tierra que llevaba al cementerio y en los bordes se fue situando la gente. Luego pasaron los soldados con el cuerpo y la gente murmuraba cosas o tenía velas prendidas o arrojaba pétalos de flor. Todo fue muy silencioso porque hasta los pájaros parecían impresionados. Dibra, Nadia y yo nos quedamos de pie entre los olivos.

La tumba ya estaba preparada. Los soldados empezaron a echar tierra.

Junto a nosotras había un chico. Nos miraba a ratos. Los soldados empezaron a irse y también la gente.

Nadia nos dijo luego que ella lo conocía, o lo había visto alguna vez por el sector. Era un chico alto, algo mayor que yo. Tenía una cicatriz debajo de un ojo.

Entonces, el chico nos habló.

–¿Erais vosotras las que estabais preguntando por Wole?

–Sí, ¿por qué?

–Porque estuvo hace una semana conmigo. En la carpa de los dentistas, ahí por el sector ocho.

VEINTICINCO

La carpa de los dentistas era en realidad un camión que un grupo de chicos había traído de muy lejos y que solía ponerse al otro lado de la verja, adosado al sector ocho. Se llamaba «de los dentistas» porque la primera vez que vinieron trajeron precisamente eso: dos dentistas. Solo que ahora, decían, no había ninguno, pero sí médicos que podían darte algunas pastillas para el dolor o curarte alguna herida.

Dibra miró al chico como sospechando.

–¿Wole, el de la camiseta amarilla? –dijo.

–Por supuesto, lo conozco desde hace muchos años.

–¿Seguro?

El otro se molestó.

–Niña, ¿eres tonta? ¿No te acabo de decir que lo conozco hace años? Wole, el del puesto de juguetes, el de las cometas. Wole, el pequeño ladrón.

Lo miramos. Nos habíamos quedado bajo los olivos. La gente, al irse, era como un susurro y había salido la luna y era amarilla y tenía la forma de una tajada de melón. Los grillos, al sentirse solos, habían empezado a cantar.

–Bueno, ¿y qué pasó? ¿Por qué fue Wole al hospital?

–Estaba herido. Tenía la cabeza vendada.

–¿Hablaste con él?

–Sí, pero solo un momento. Me dijo que se había caído de una verja cazando bichos y se había dado un golpe –el chico se encogió de hombros.

–Ya –Dibra estaba pensativa–. ¿Y qué más?

–Nada más. Nos vimos, yo hablé con él, él habló conmigo. Y ya. Fueron como mucho cinco minutos. Él estaba sentado en una de las sillas debajo del toldo esperando no sé muy bien qué.

–¿Qué día fue eso exactamente?

El chico lo pensó muy despacio. Luego dijo que hacía como diez días, más o menos.

–Era martes. La noche del martes de la semana pasada –añadió.

Nosotras nos miramos. Aquella era justo la noche que Wole había quedado con nosotras para que Dibra le diera la trenza y él traernos las jaulas.

–¿Y se había caído cazando bichos?

–Eso me contó.

Luego, el chico dijo que tenía cosas que hacer y se fue. Lo vimos marchar. El cementerio ya estaba vacío y solo el viento se movía entre las tumbas solitarias y cubiertas de polvo. Dibra soltó el aire de los pulmones.

–Vamos, busquemos unas flores bonitas.

Y eso hicimos. Yo encontré unas amapolas marinas y Dibra unos hinojos. Nadia unas flores rosadas y ásperas. Las pusimos todas en la tumba reciente y nos quedamos ahí un rato.

–Niño de piel, niño de piel –susurraba Dibra–. No eres un número para nosotras. Eres hueso y sangre y calor.

Luego nos fuimos.

VEINTISÉIS

Por supuesto estábamos preocupadas, porque Wole se había hecho daño mientras buscaba los bichos para nuestras jaulas, pero también teníamos, de pronto, una pista. Y Dibra no la iba a dejar escapar.

–Mañana nos levantamos temprano –dijo. Estábamos en la cola para volver a entrar al campo. Nadia protestó.

–¿Para qué?

–Para ponernos en la cola de desayunar e ir a la carpa, ¿para qué va a ser?

Nadia movió la cabeza. Dibra se encogió de hombros.

–No tienes que venir si no te apetece –le dijo a Nadia–. Isata y yo sí iremos, ¿verdad?

Yo dije que sí y luego nos separamos y bebí mucha agua para despertarme temprano. A las cuatro estábamos en la cola para el baño y al poco llegó también Nadia. El campamento era sombras que se movían en la oscuridad y cantos de lechuzas a lo lejos. Después fuimos a desayunar y volvimos a salir por la garita y dimos la vuelta hasta donde estaba aparcado el camión de los dentistas. Por supuesto, ya había gente esperando y tuvimos que hacer otra cola. Eran casi las nueve cuando uno de los chicos salió del camión y casi las diez cuando nos atendieron.

Había una mesa blanca con cosas de medicina y unas sillas de plástico. El chico tenía muy poco pelo y parecía muy cansado.

–¿Qué tal? ¿Qué os pasa? –nos dijo en inglés. Y nos gustó, porque no nos habló como si fuéramos unos bebés que han perdido a su osito.

–En realidad no nos pasa nada –dijo Dibra, también en inglés–. Es más bien que estamos buscando a una persona.

Entonces le contó la historia. Wole perdido, la camiseta amarilla, la herida en la cabeza. El chico asentía.

–Sí, me acuerdo de eso. Pero me parece que no se llamaba como vosotras decís. ¿Cómo habéis dicho?

–Wole.

–Ah, seguro que no se llamaba así. Tenía un nombre muy curioso. Pero no era ese. La cuestión es que no me acuerdo ahora de cuál era.

–Bueno, ¿pero era negrito y flaquito y llevaba una camiseta amarilla?

–Sí, creo que sí.

–¿Y qué pasó con él?

–Eso, que tenía una herida en la cabeza. Decía que se había caído o algo. Le pusimos unos puntos y se fue. Nada más. ¿Cuál era el nombre?

El chico estaba pensativo y justo en ese momento salió otra chica del camión. Él la llamó y los dos hablaron un momento en un idioma que no comprendíamos. Luego, la chica se metió otra vez para dentro y el chico nos sonrió.

–Aquí no pedimos la identificación, ¿entendéis? Atendemos a cualquiera, mientras podamos. Pero sí que nos quedamos con algunos nombres. Porque luego escribimos artículos y esas cosas. Eso ayuda...

La chica había vuelto y llevaba una libreta. Iba consultando algo. Luego sonrió.

–El nombre era muy curioso, y evidentemente falso. Nos dijo que se llamaba Kostandin Kadiu, y que era del sector tres.

Lo dijo y Dibra tuvo que soltar todo el aire que tenía en los pulmones y estuvo a punto de caerse allí mismo al suelo.

VEINTISIETE

Kostandin Kadiu era el nombre del hermano de Dibra, el que había desaparecido junto con su madre. Y el sector tres era nuestro sector.

Y, por supuesto, el hermano de Dibra ni era negrito ni flaquito ni un niño.

Pero faltaban más cosas. Porque la chica nos tenía todavía un par de sorpresas.

–No sois las primeras que venís preguntando por él. Estuvo aquí por la noche, pero, a la mañana siguiente, vinieron más personas –decía, pensativa–. Un hombre alto y vestido de negro acompañado de un niño. Fue bastante raro...

–¿Por qué fue raro? –preguntó Dibra.

–Porque vino el niño, que era así como vuestro Wole, y preguntó por él. Y yo le expliqué que había estado aquí la noche anterior. Entonces, el niño se fue y vi que el hombre estaba ahí en la esquina, esperándolo. Como medio escondido. Ese hombre...

–¿Qué?

–Era alto y con manchas blancas en la piel, como si tuviera tiña. El niño dijo su nombre... ¿Cómo era? Papá algo... –la chica miraba al chico.

–Zampule o Sampule –dijo él.

–Sí, y otra cosa. Esperad –dijo la chica. Volvió a entrar y salió al poco. Traía algo en las manos. Algo que nosotras conocíamos muy bien. La riñonera que Wole siempre llevaba prendida a la cintura–. ¿Esto puede ser de vuestro amigo? Porque lo encontramos aquí al día siguiente de irse y no estábamos seguros.

–Sí, eso es de Wole –dijo Dibra, y tendió la mano.

–Pues podríais dárselo cuando lo encontréis, si os parece.

Dibra cogió aquello y nos fuimos. El sol resplandecía y necesitábamos pensar. Eran demasiadas cosas.

VEINTIOCHO

Miramos la hora y nos fuimos directas para la cola de la comida. Todo el rato, mientras esperábamos y después, mientras masticábamos el filete empanado, éramos como estatuas pensantes. Al final fue Dibra quien lo resumió todo.

–Era él –dijo–. Era Wole.

Y tenía razón, porque solo Wole podía haber dado el nombre del hermano de Dibra. Solo que aquello lo hacía todo muy misterioso.

Porque ¿para qué había dado un nombre falso?

¿Y quiénes eran los que habían ido a buscarlo?

¿Podía ser que Wole tuviera un hermano y un padre?

Y, sobre todo, ¿dónde estaba él, por qué no aparecía?

Terminamos de comer y volvimos hacia los contenedores y nos sentamos en el suelo. El sol asfixiaba y lo mismo hacían las chicharras. Dibra reflexionó un momento y después, con mucha solemnidad y pidiendo perdón a Wole, abrió la riñonera. Había bien pocas cosas: un cepillo de dientes y un poco de pasta, una canica, un poco de dinero. También unos pequeños alicates. Y lo más sorprendente: dos flores hechas con trozos de una lata de refresco, las dos de un rojo brillante. Aparte, un pedazo de papel enrollado. Dibra lo sostuvo todo en las manos. Luego desenrolló el papel. Había un número escrito.

–Treinta y dos millones ciento treinta y seis mil treinta y dos... –leyó Dibra.

Yo me asomé al papel, eran unos números trazados por alguien que no estaba muy acostumbrado a manejar un lápiz. Después del dos, había unos puntos. Nada más.

–¿Y esto qué significa? –se preguntó Dibra.

Aquello era lo suficientemente misterioso como para mantenernos en silencio el resto de la tarde. Luego, la sombra se hizo poderosa bajo los olivos y llegó la hora de ir a la cola para cenar.

Así que nos levantamos, nos sacudimos el polvo blanco de nuestros traseros y fuimos hacia allá.

VEINTINUEVE

–Zampule o Sampule, ¿qué será? ¿Un apellido? –decía Dibra.

–Quién sabe, puede ser –contestó Nadia.

–¿Y por qué fue a la carpa de los dentistas? ¿Fue porque le quedaba más cerca de donde vive o qué?

–No lo puedes saber –dijo Nadia–. Además, piensa que dio un nombre falso.

–Wole Sampule, Wole Sampule –repitió Dibra.

Nadia hizo un gesto de fastidio. Era evidente que empezaba a estar cansada de todo aquello:

–Tiene un padre, ¿no? Y un hermano.

–Eso tampoco podemos saberlo –dijo Dibra.

–¿No? ¿Entonces quien fue a por él? –dijo Nadia. Dibra se encogió de hombros–. Lo normal es que fuera su padre a buscarlo. Y, si lo era, entonces, estará con él, ¿o no?

–Sí, o no –insistió Dibra–. Tú misma has dicho que dio un nombre falso. A lo mejor era que se estaba escondiendo de esas personas...

Nadia sacudió la cabeza como si abandonara. Yo estaba muy atenta a las palabras de Dibra.

–Con un nombre y un apellido podríamos llegar a su número de identificación –siguió Dibra–. Y, con eso, podríamos saber cuál es su contenedor, o su tienda.

–Ya, ¿y cómo piensas conseguir eso? ¿Vas a ir a los de la Acnur y te lo van a dar porque sí?

–No, no creo –Dibra seguía pensativa, pero se encogió de hombros de repente–. En cualquier caso, la cuestión no es esa, sino otra.

–¿Otra? –Nadia lo preguntó, pero yo sabía la respuesta.

–La cuestión es quiénes somos nosotras y cuál es nuestra función en todo esto. Porque si no hacemos nada, si no lo buscamos, entonces no somos mejores que ellos.

–¿Mejores que quiénes?

Dibra se encogió de hombros. Señaló hacia las carpas de las oficinas, a lo lejos.

–Mejores que ellos. Mejores que los países que están al otro lado. Si no lo buscamos, entonces Wole es un número más, como somos nosotras para toda esa gente. No personas, verdaderamente, sino algo en una estadística. Y, piénsalo, Nadia, si tú te perdieras, ¿no querrías que Isata y yo estuviéramos preocupadas, no querrías que hiciéramos por encontrarte?

Nadia se calló un momento. Luego volvió a hablar. Estaba muy cansada de todo aquello.

–Digo lo mismo de antes. ¿Qué vas a hacer? ¿Vas a ir a los de Acnur y les vas a pedir el número de Wole? Porque no te lo van a dar, y lo sabes.

Dibra seguía pensativa.

–No, a nosotras no. Pero sí sé quién podría conseguir esa información.

Dibra lo sabía. Y yo también.

TREINTA

La persona que podía conseguirnos aquello era Samir.

Samir era un poco mayor que Dibra y un poco más oscuro de piel. También venía del viejo país y también era, de alguna forma, una leyenda en el sector.

Samir trapicheaba, conseguía cosas.

Había empezado un día que, en el pueblo, descubrió que podía sacarse un dinero ayudando a llevar los cafés y los tés a las mesas y luego recogiendo los vasos vacíos. Con aquellas monedas había ahorrado para comprarse una mochila. Y ahora la llevaba siempre llena. Conseguía pañuelos, perfumes, cigarrillos, encendedores. Todo lo compraba en el pueblo y luego regresaba en el autobús y lo revendía en el campo. Y seguía ahorrando, o eso decía.

–Un televisor, eso es lo que quiero. Para la sala común. Y ahí poder ver los partidos de fútbol igual que los ven los voluntarios en sus habitaciones.

También hacía otras tareas, como, por ejemplo, llevarse cada mes los cheques de cincuenta euros al pueblo y regresar con el dinero para repartir a cada familia. Y también todo lo que tenía que ver con trámites, recursos y oficinas. Por supuesto, sabíamos cuál era su contenedor. Y también cuándo, más o menos, solía volver de sus negocios. Así que lo esperamos en la puerta, jugando a las cartas, y se hizo de noche mientras. Samir llegó y nos miró, y miró más a Dibra.

–Ya te di tu dinero, ¿no es cierto? –dijo él.

–No es eso.

–Entonces, ¿qué es? ¿Has vuelto a insultar a los voluntarios?

Samir se echó a reír. Dibra lo miró muy fijo.

–Si hubiera insultado a alguien, ¿por qué tendría que hablarlo contigo?

Samir se rio más. Dibra hizo gesto de que nos íbamos.

–Los insultaste. Deberías pedirles perdón –dijo Samir. Dibra se volvió.

–Ya lo hice –dijo. Ahora fue Samir el que la miró a ella.

–¿Seguro?

Dibra se encogió de hombros. Y sí que había pedido perdón. Al menos a su manera de escorpión disfrazado de serpiente. A su manera orgullosa de silencios y miradas y alguna sonrisa. Samir terminó por sentarse.

–Entonces, ¿qué es? –volvió a decir.

Dibra le fue contando: el nombre, el apellido, el número de registro, el lugar en el que Wole pudiera vivir. Samir negaba o asentía. Se echó hacia atrás.

–¿Puede hacerse? –dijo Dibra.

–Sí, pero será difícil.

–Bueno –dijo Dibra.

Samir sonrió. Dibra se hizo la que no entiende. Samir volvió a sonreír.

–La cuestión es que todos esos trámites supondrán horas de hacer colas, claro. Y eso será tiempo que no podré estar dedicado a mi negocio. Aparte de los regalos que tendré que ofrecerles a los funcionarios. Querrán cigarrillos, esas cosas. Y, como comprenderás, no lo voy a poner yo de mi bolsillo...

Dibra pareció pensar un momento. Luego sacó una bolsa de plástico que habíamos preparado.

–Te hemos traído esto.

Le tendió la bolsa y Samir la abrió y sacó su contenido. Era una cazadora de cuero muy bonita que habíamos encontrado entre la ropa que clasificábamos. Aquello, claro, había habido que discutirlo. Sobre si teníamos nosotras derecho o no a tomar aquello. Solo que Dibra había ganado la discusión alegando que, a fin de cuentas, aquello lo había dado alguien para que lo tuviera un refu. Y eso era Samir, y no otra cosa. Así que, ¿qué más daba uno aleatorio que uno concreto? Samir examinó la cazadora y la puso a un lado. Luego sonrió de una forma muy rara.

–Yo es que quiero otra cosa –dijo.

–¿Qué cosa? –dijo Dibra.

Samir, entonces, volvió a sonreír de aquella forma rara y miró a Dibra como hacían los hombres con las mujeres. Lo hizo y a Dibra se le encendieron los colores de la cara y a mí también.

–¿Eres idiota o qué te pasa? –se enfadó Dibra.

Samir se echó a reír. Luego dijo que él, puesto a tener una cazadora, prefería un beso. Dibra se enfadó más.

–Antes besaría a una rana, tonto. ¿Y cómo te voy a besar si no me respetas?

Samir volvió a reírse. Puso la mano sobre la cazadora.

–OK, dadme un par de días.

TREINTA Y UNO

Los dos días pasaron sin casi novedad. Hamburguesas frías para cenar y arroz con cosas para comer. Y fruta pocha. Dibra volvió a llamar al señor Tahiri, pero no había novedad. Por las noches íbamos a la parte norte del campo y allí, pegada contra la alambrada, Dibra hacía señales con la linterna en dirección a las montañas. Después regresábamos hacia los contenedores y nos despedíamos.

Llegó la noche en que teníamos que esperar a Samir y ahí nos fuimos. Cuando apareció, la luna estaba ya alta en el cielo. Nos tendió un papel.

–Hay una familia de Zampules. Sector ocho, sección cinco. Ahí está el número de su tienda –dijo. Dibra leyó con interés. Samir tenía otro papel.

–¿Y eso? –preguntó ella.

Samir desplegó el segundo papel con mucho misterio.

–Estos son los nombres de las personas que viven en esa tienda. En total, ocho. Y hay algo raro...

–¿El qué?

–Que hay un adulto nada más, y siete niños.

Dibra lo examinó muy despacio.

–¿Cómo sabes que son niños?

–Por el inicio del código de identificación –Dibra asintió. Seguía concentrada en el papel. Yo miraba por encima de su hombro. No había ningún Wole. Había un Jasir, un Nader, un Vola.

–Vola –dijo Dibra.

Samir se encogió de hombros.

–Puede ser. Es difícil entender la pronunciación de los nombres aquí.

Samir se nos quedó mirando, pensativo. Dibra se encogió también de hombros.

–Vamos a necesitar chocolate, Samir –dijo con mucha seriedad–. Mucho chocolate. Y date por pagado con la cazadora.

Samir parpadeó varias veces.

TREINTA Y DOS

La cuestión, como descubrimos bien pronto, era que parecía que teníamos algo, pero que en realidad era muy poca cosa. Porque lo que Samir nos había dado era el número de identificación de la tienda de los Zampule en la sección cinco del sector ocho. Sin embargo, aquello era como entregarnos una ola en el mar.

Porque sí, es cierto que cada contenedor, cada tienda, tiene su cartelito con su código. Y que en las lonas debe estar también el número. Pero eso tenía lugar en algún mundo ideal en el cual todo estaba perfectamente organizado. O en un mundo ideal en el que se construía un campo para un número concreto de refus y luego no llegaban veinte mil refus más.

Y ese era el problema.

Porque había llegado gente nueva. Porque había llovido en invierno. Y había habido gente que se había ido en mitad de la noche y, entonces, otros habían quitado su carpa y la habían usado para Dios sabía qué. Y otros habían movido la suya y la habían puesto en ese hueco para alejarse de gente que no les gustaba o para acercarse a gente que sí. Por supuesto, los caminos que alguien proyectó habían dejado de existir tiempo atrás.

Nosotras caminábamos y preguntábamos.

Primero tuvimos que llegar hasta la garita y salir del campo propiamente dicho e ir dándole la vuelta. Después tuvimos que adentrarnos entre los miles de tiendas que, sin orden ni concierto, se diseminaban por el olivar.

–¿Zampule? –decíamos.

Pero nadie sabía nada.

–¿Sección cinco? –decíamos.

Y algunos nos señalaban para un lado y otros, para el otro. A última hora de la mañana, cuando ya estábamos pensando más bien en irnos para la cola de la comida, llegamos a lo alto de una loma que presidía la zona. Desde allí solo se veían tiendas y matorral, techos de hojalata y barro, restos de hogueras y de bolsas de basura.

Y más gente, gente, gente.

TREINTA Y TRES

Así que nos sentamos en la loma, mirando al campo, en la sombra, y sacamos nuestros pedazos de chocolate y comimos. La tierra hervía y todo olía como una tonelada de basura que alguien hubiera tirado a nuestros pies. Dibra se levantó, se acercó a una mata de romero y regresó con algunas ramas. Nos las pusimos debajo de la nariz.

Luego bajamos.

–¿Sección cinco? –le preguntábamos a cualquiera.

–¿Zampule?

Pero nadie sabía, o todo el mundo arrugaba la nariz a nuestro paso. Y es que éramos allí como la mosca en la sopa.

Nadia no hacía más que quejarse.

–Qué hambre –decía.

El chocolate no había sido lo mismo que el arroz y el filete empanado. Yo también tenía hambre. Y Dibra. Solo que Dibra hacía como que aquello no le afectaba, o como que no oía a Nadia. Luego, esta se sentó en el suelo.

–Ya –dijo.

Y Dibra la miró y yo la miré y Dibra se resignó y se encogió de hombros y las tres regresamos para la zona de la alambrada y entramos por la garita y nos pusimos a la cola para la cena. A la mañana siguiente, Nadia no estaba a las cuatro en la cola del baño ni tampoco la vimos durante el desayuno, así que nos fuimos solas, Dibra y yo.

Ese día fue idéntico al anterior. Nada más que vueltas entre las tiendas y preguntarle a la gente y un poco de chocolate a mediodía. Y lo mismo volvió a pasar al otro día. Nadie sabía o nadie quería decir sobre los Zampule. Otra vez nos pasó que la gente arrugaba la nariz y no sabíamos por qué.

Yo miraba a Dibra.

Porque Dibra se desesperaba. Porque Dibra estaba, bien lo sabía yo, cerca de abandonar.

Entonces oímos un estruendo.

TREINTA Y CUATRO

Había caído ya la tarde y estábamos exhaustas. Habíamos dejado la zona de las tiendas y habíamos entrado en una zona nueva. Había algunos contenedores y algunas construcciones de madera y un viejo edificio que podía haber sido un mercado tiempo atrás. El suelo estaba medio asfaltado y había pandillas de niños dando vueltas y vigilándonos.

Entonces lo oímos.

Primero fueron voces de hombres gritando en un idioma que no comprendíamos.

Después fue un jaleo de vidrios rotos. Como si se hubieran roto, de pronto, mil ventanas.

Luego fueron de nuevo las voces de los hombres, solo que ahora parecían reírse.

La pandilla de niños que nos vigilaba fue a ver. Y nosotras también.

Había, en un rincón de la construcción grande, una cabaña hecha con palés y plásticos y trozos de tiendas. Ahí era donde estaban los hombres, y el conjunto hacía pensar en que aquello era una especie de taberna. Junto a la puerta se apilaban una serie de botellas.

Cayó una. Era aquello lo que había provocado el estruendo.

Los hombres rieron y miraron hacia un bulto que había en el suelo. Era un hombre alto, vestido de negro, que parecía estar muy borracho. Estaba boca abajo y trataba de incorporarse.

El grupo de hombres seguía riendo y los niños corrieron hacia el caído. El hombre medio se incorporó, pero volvió a caer. Luego lo intentó otra vez. Se apoyó en un saliente del muro y así consiguió caminar unos metros. Los hombres le gritaron algo y regresaron al interior.

Él volvió a caerse y a levantarse. Así, con los niños detrás, llegó al borde del claro, donde ya las fuerzas lo abandonaron y cayó despatarrado. Los niños le pinchaban con palos.

Entonces lo vimos. Porque yo lo vi y supe que Dibra lo había visto al mismo tiempo.

El hombre era muy oscuro de piel, pero tenía los codos y los hombros llenos de manchas blancas.

Algunas eran muy pequeñas, pero otras eran grandes como las medallas que te dan en el colegio después de ganar una carrera.

Dibra y yo nos miramos.

–¿Qué dijo la chica de la carpa de los dentistas? ¿No dijo que Papá Zampule tenía la piel llena de manchas, como si tuviera la tiña?

Y yo la miré y le dije que sí. Que justo aquello había sido.

TREINTA Y CINCO

Nos quedamos muy quietas y pasaron cinco minutos, después diez. El hombre, tirado entre los cardos marinos, parecía dormir y los niños se aburrieron y se fueron. La noche caía a toda velocidad. La hora para la cola de la cena había pasado y la luna estaba como colgada sobre los montes. Dibra y yo nos miramos.

–No podemos estar seguras –dijo ella–. Pero tampoco podemos dejarlo pasar, porque ¿quién sabe si lo volveremos a encontrar?

En realidad, no había más que una solución. Y a eso nos pusimos.

Primero revolvimos por el claro y encontramos algunos de los palos que habían usado los niños para molestar al hombre. Después nos acercamos, llegamos justo a su lado.

Nos miramos. Dibra sonrió.

Se adelantó y pinchó al hombre con el palo. Por el otro lado, hice yo lo mismo. El hombre se movió como si hubiera moscas molestándolo y murmuró algo. Nosotras dimos un paso atrás. Y luego, como no reaccionaba, otro adelante.

Pinchazo, protesta.

Pinchazo, murmullo.

Pinchazo, esta vez más fuerte.

Entonces, el hombre manoteó y se incorporó como si esta vez le hubiera picado una serpiente. Nos miró y nosotras nos apartamos y él dijo algo que no entendimos. Después echó a andar y nosotras, detrás.

El hombre trastabillaba y cada poco tenía que sujetarse a algo. Luego empezó a andar con más soltura, como si se le hubiera despejado la cabeza. Nosotras, mientras la noche se hacía más espesa, entramos en nuevas zonas del campo.

Había un lugar donde la gente abandonaba la basura.

Otro lugar en el que había restos de hogueras. Un humo blanco y apestoso escapaba de ahí.

Cruzamos un arroyo seco y lleno de desperdicios. El puente, unas tablas de madera, crujió horriblemente a nuestro paso.

Luego, el hombre bajó por una pendiente y llegó a casa. Esta era una tienda blanca y cuadrada hecha de muchos remiendos. En torno a ella se había construido una especie de cercado con palos y reja de alambre. De la reja colgaba ropa. En realidad, había ropa y restos de plásticos por todos sitios. El hombre llegó al borde del cercado y se detuvo un momento. Miró atrás, como si supiera o entendiera que nosotras lo seguíamos, pero estaba oscuro ya. Balbuceó algo y atravesó la entrada. De inmediato, un niño se asomó a la puerta de la tienda. Un niño negrito, flaquito. A Dibra y a mí nos tembló el corazón.

–No es Wole –dijo ella.

El niño salió y ayudó al hombre a pasar a la tienda. Luego, él también miró hacia la oscuridad. Después entró. Dibra expulsó todo el aire de los pulmones y miró a la noche, como si calculara la hora.

–Tenemos que estar seguras –dijo. Y tenía razón.

Entonces me entregó el papel que nos había dado Samir en el que estaba escrito el código de los Zampule y empezó a rodear la tienda. Señaló. Había letras y números rojos pintados con espray en un lateral. Me hizo un gesto de que guardara silencio y se acercó más, llegó hasta el borde mismo del cercado de alambre y, con el palo, apartó una lona que colgaba de un árbol. Debajo estaba la tienda propiamente dicha y así pudimos ver la totalidad del código. Dibra lo repitió en voz alta.

–¿Es? –dijo.

Yo tenía el papel, pero estaba muy oscuro. Tuve que forzar la vista. Era. Levanté la mano en señal de asentimiento.

Entonces echamos a correr a toda prisa. Otra vez cruzamos por el puente y al poco estábamos ya en la zona en que habíamos encontrado al hombre. Dibra miraba la hora y estaba muy preocupada.

–Verás mi padre –repetía–. Verás mi padre.

TREINTA Y SEIS

La verdad era que se había hecho muy tarde y que todo el mundo estaba preocupado. Lo notamos cuando nos acercamos a nuestro sector. Había gente moviéndose y corros y caras expectantes. Alguien nos vio y, al poco, el corro estaba a nuestro alrededor. Entonces llegó el padre de Dibra.

Estaba preocupado, sí. Pero luego estaba enfadado.

Estuvo horas y horas hablándole a Dibra.

–En qué estabas pensando, ¿eh? ¿Tú crees que puedes estar por ahí a esas horas de la noche? ¿Es que no entiendes el mundo? Dibra, yo pensaba que eras un poco adulta, que eras responsable. Pero a lo mejor tengo que prohibirte salir de casa.

Ella no decía nada. Yo la veía desde un rincón, en la calle. Tenía la cabeza baja y las trenzas le colgaban sobre los hombros. Solo levantó la cabeza cuando el padre dijo aquello de «casa».

–No llames casa a esto –dijo.

El padre se enfadó más.

–No empieces con tus cosas, Dibra, por favor.

Al final nos fuimos todos a dormir. Y sin cenar.

TREINTA Y SIETE

Por la mañana, a la hora del desayuno, vimos a Nadia y le contamos todo lo que habíamos descubierto. Ella puso cara de aburrida y se encogió de hombros.

–Estoy un poco cansada de esta historia –dijo–. Además, mi madre quiere que esté más con mis hermanos. Y, la verdad, Dibra, creo que deberías dejarlo tú también.

Dibra y yo nos miramos

–¿Dejarlo ahora? Si ya sabemos la tienda en que vivía Wole. Si solo es ir y preguntar...

Nadia sonrió y volvió a encogerse de hombros.

–Haced lo que queráis. Ya me contáis.

El resto del desayuno fue más silencioso que otra cosa. Luego, Dibra y yo echamos a correr hacia el sector ocho. Eran más o menos las diez y media cuando estuvimos ya ante la tienda. A su alrededor no se movía nada. Nos acercamos y nos detuvimos junto a la verja de alambre. Nos miramos.

–Seamos educadas –dijo Dibra.

Así que se acercó a la verja y llamó.

–¿Hay alguien?

Llamó varias veces, pero nadie salía. Entonces se asomó un niño más o menos del tamaño y del color de Wole.

–Hola, ¿vive aquí Wole? –dijo Dibra. Y entonces pasaron cosas.

La primera fue que el niño, que llevaba una camiseta roja que le quedaba muy grande y que tenía los ojos igual de grandes, los abrió más todavía. La segunda fue que el niño fue a decir algo. La tercera fue que alguien empezó a gritar desde dentro de la tienda y que salió otra cabeza. En este caso la de Papá Zampule.

El hombre le gritó al niño y luego nos miró muy enfadado.

–¡Fuera! –gritó–. Fuera de aquí.

–Somos amigas de Wole –dijo Dibra. El hombre dio un paso atrás.

–¿Wole? No sé quién es Wole. Marchaos.

–Pero…

–He dicho que os vayáis –el hombre salió del todo de la tienda y alzó algo que llevaba en la mano. Un martillo muy grande. Dibra dio un paso atrás y el hombre un paso adelante.

Nos fuimos. No había otra cosa que se pudiera hacer.

TREINTA Y OCHO

Nos fuimos, pero no muy lejos. Había un camino que daba la vuelta por detrás de la tienda y que, más allá, se abría en una especie de claro de tierra parda, un arroyo seco. Allí se divisaba un único olivo y un grupo de hombres que preparaban desayunos en bidones de metal. El humo blanco acariciaba la parte superior de las tiendas. Empezamos a caminar hacia allá. Dibra iba midiendo, mirando atrás.

–Por aquí –decía.

Llegamos hasta el olivo y encontramos un hueco bajo sus ramas. Nos sentamos de forma que pudiéramos ver la tienda de los Zampule. Todo el rato yo notaba cómo Dibra pensaba y pensaba.

–¿Viste la cara que puso el niño cuando preguntamos por Wole?

Yo asentí. Ella también.

–Y el hombre también puso cara rara, ¿verdad? –dijo. Yo volví a asentir–. Nos mintió.

Seguimos un rato allí. Dibra paladeaba palabras.

–Si tú te apellidaras Zampule, ¿le pondrías Wole a tu hijo? Wole Zampule, no pega, ¿verdad? Quiero decir, no es musical.

Yo volví a asentir. Me reí. Ella también.

–Tendremos que cambiarle el apellido.

Nos quedamos allí. Empezó a hacer calor. Pasado un rato, vimos salir a un niño de la tienda de los Zampule. Cargaba al hombro una manta parecida a la que siempre llevaba Wole. La manta abultaba igual. El niño miró atrás y luego echó a andar y se perdió. Pasado otro rato vimos salir al niño de los ojos grandes y la camiseta roja. Llevaba otra manta llena de cosas e hizo lo mismo que el otro. Dibra observaba en silencio. Entonces vimos salir al adulto.

El hombre se irguió fuera de la tienda y se desperezó mientras miraba en todas direcciones. Luego escupió al suelo y echó a andar. Se perdió al poco. Dibra esperaba.

–¿Crees, Isata, que ya no hay nadie en la tienda? –dijo Dibra.

Yo lo pensé un momento; luego asentí.

–Sí. Entonces, deberíamos echar un vistazo, ¿no?

Así que fuimos. Salimos del arroyo y anduvimos con mucho cuidado y dimos la vuelta por la parte de atrás de la tienda, que no tenía verja, y ahí nos detuvimos. La tienda, de alta como una persona y media, tenía una ventana arriba, pero había unos palés viejos en los que nos podíamos apoyar para subirnos. Eso hicimos. Dibra me ayudó y nos asomamos. Dentro no había nada de particular: solo ropa tirada, rollos de papel higiénico, sacos de dormir a medio enrollar. Y nadie.

Estuvimos ahí tal vez un minuto mirando. Luego bajamos y nos volvimos a nuestro escondite en el arroyo.

–Nosotras sabemos que el hombre fue a recoger a Wole en la carpa de los dentistas –pensaba Dibra en voz alta–. Y también sabemos que esta es la tienda en la que está registrado Wole. La cuestión es ¿por qué nos miente el hombre?

Toda la mañana estuvimos ahí, hasta que fue la hora de ir a hacer la cola para comer. Después comimos y regresamos al sector ocho. En eso se convirtió nuestra vida los días siguientes.

TREINTA Y NUEVE

Poco a poco fuimos entendiendo que allí había una rutina que se repetía casi exacta todos los días.

Sobre las diez de la mañana estaban todos dentro de la tienda. No podíamos saber si habían ido a desayunar antes o no.

Sobre las diez y media empezaban a salir chicos. Todos eran del color de Wole, más o menos, y todos estaban más o menos igual de flacos.

Cada chico llevaba su manta llena de cosas.

Un rato después salía Papá Zampule y se desperezaba, miraba para todos lados y se iba.

Un día lo seguimos. Fue hasta la parada que había fuera del campo, a un lado de la carretera, y ahí esperó un par de horas. Luego llegó el bus y él se montó, rumbo al pueblo que había cerca.

En la tienda no pasaba nada hasta la tarde, que empezaban a llegar los chicos.

Entraban y se quedaban allí. Después llegaba Papá Zampule. A veces venía sereno y otras veces no.

Algunos días, había gritos dentro de la tienda.

El hombre gritaba como si estuviera enfadado. También nos parecía que pegaba a los chicos, pero no podíamos estar seguras. No entonces.

Podía pasar que, a fuerza de esperar, se nos hiciera de noche. En ese caso, teníamos que correr de vuelta. El padre de Dibra se enfadaba.

–Dibra, yo te conozco, sé cómo eres. Sé que eres especial y que estás preocupada por tu madre y tu hermano. Pero no me gusta que estés todo el día por ahí sin que yo sepa qué estás haciendo.

Él trataba de ser comprensivo, pero Dibra solo le daba respuestas vagas. Como pasábamos mucho tiempo juntas y sin nada que hacer, hablábamos. Bueno, Dibra me hablaba y yo la miraba.

CUARENTA

–¿De qué cosas te acuerdas, Isata? ¿Tienes algún recuerdo bonito de cuando vivías en tu casa? –me decía.

Y yo me acordaba del valle de color azul y de aquella respiración en la noche. Y de un vestido rojo y largo que tal vez yo tenía, muy bonito. Dibra me sonreía.

–Yo me acuerdo del piano –decía ella–. Teníamos uno en casa y yo tocaba todas las tardes. Iba al conservatorio también. Había hecho ya tres años...

Dibra tomaba aire. Yo la miraba.

–Pero el que era de verdad bueno era Kostandin. Él también tocaba el piano. Estaba preparado ya para ser profesional...

Dibra, cuando empezaba por ese camino, terminaba por quedarse mucho rato en silencio. Otras veces me contaba los sueños que tenía por las noches.

–Estaba en el agua, ¿sabes? Y era como si las voces de los otros y las luces de las barcas se hubieran apagado ya; como si se hubieran alejado. Pero no era eso, porque la realidad es que yo estaba muerta. Solo que eso no lo comprendía al principio. Todo era silencio y yo era como una marioneta que estuviera colgada desde la superficie del mar. Colgada del chaleco salvavidas, ¿entiendes? Y, aunque yo estaba muerta, notaba cosas que le pasaban a mi cuerpo. Y lo que pasaba era que los peces empezaban a comerme con mordiscos muy pequeños. Luego llegaba un pez más grande. Y luego otro. Y me comían.

Eso me contaba. Después se quedaba pensativa, como si se preguntase qué significaba aquello, y me miraba.

–¿Y tú, Isata, tienes sueños?

Yo le decía que sí con la cabeza.

–Ojalá pudieras contármelos. De verdad que me encantaría escucharlos.

Yo sonreía. Otras veces, Dibra se lanzaba a pensar en voz alta. Sobre el mundo y sobre el campo de refus.

–El problema es que somos demasiadas personas ya en el mundo. Y nos molestamos. Cuando hay mucha gente, adquieres el derecho a ver al otro como un extraño. Porque te conviertes en un egoísta. Lo haces porque te olvidas de lo que es pasar necesidad. Entonces todos los problemas están lejos y tú puedes sentarte a ver la televisión o a jugar a la Play tranquilamente. Y no quieres que venga nadie a sacarte de eso. Y eso es porque el mundo se va haciendo cada vez más pequeño. Y, al hacerse pequeño, nos damos unos a otros con los codos. Y eso pasa, Isata: que nosotras éramos así, pero que se le dio la vuelta a la tortilla y ahora somos pobres y no tenemos más que el suelo que vamos pisando. Pero ellos, ¿sabes? No son peores que nosotros, no es eso. Es que se han acostumbrado a la vida que llevan, lo mismo que nos pasaba a nosotras cuando vivíamos en el viejo país. ¿Y cómo vas ahora y les dices: «Haz sitio»? No, porque ellos, en el fondo, también son pobres, lo único es que están un poco más allá del borde en que se acaba el mundo que nosotras habitamos. La pregunta es: si nosotras somos pobres y ellos son pobres, ¿quién se lo está quedando todo? Ese es el problema, Isata, y no otro.

Una tarde, también, se quedó callada. Luego dijo algo muy raro en ella:

–¿Sabes lo que me gustaría, Isata? Me gustaría tener un novio, ¿sabes por qué?

Yo negué con la cabeza.

–Porque tendría un problema normal. Porque, de alguna forma, estaría siendo normal.

CUARENTA Y UNO

Este es el sueño que no pude contarle a Dibra.

Otra vez hay un valle y una aldea. El valle está lleno de flores y en él vive una chica joven. Ella trabaja con su madre en el campo al mismo tiempo que va a la escuela. Un día, en la plaza, junto a la fuente, conoce a un hombre. Un extranjero. En realidad, no es que lo conozca, sino que pasa cerca de él y los dos se miran. A la muchacha le tiemblan las piernas y sabe que al hombre extranjero le sucede igual. Aquello dura, tal vez, veinte segundos y después la chica llega a su cabaña y pasa cinco años pensando en aquel hombre. Por su culpa rechaza a los pretendientes que le llegan y no se casa ni tiene hijos. Después llega la guerra y ella huye de la aldea y pasa un año en un campo de refugiados. Después consigue entrar a un país. Trabaja. Un día surge la oportunidad de ir a otro país. Ella está regularizada y cruza el océano. Ha ahorrado algo de dinero y decide que va a viajar con una mochila como ha visto que hacen en las películas. Todo el tiempo, mientras está en el campo, mientras trabaja, mientras viaja, piensa en el hombre extranjero que vio durante un minuto.

Una mañana, ha llegado a otro océano, entra en una taberna y se sienta a una mesa. Pasado un rato, entran unos hombres y se le para el corazón. Uno de esos hombres es aquel otro en el que no puede dejar de pensar.

Ahí suele terminar el sueño. A veces me da la impresión de que ella se va a levantar y va a ir a encontrarlo. A veces me da la impresión de que él la va a mirar y no la va a conocer. A veces me da la impresión de que ella, aterrorizada por la absoluta improbabilidad del encuentro, se va a la playa y se suicida.

En el sueño, tengo que decirlo, no aparezco yo. No sé quién es la muchacha. Más aún: en el propio sueño soy consciente de que no sé quién es.

Y, sin embargo, me aterra.

CUARENTA Y DOS

Otro día decidimos seguir a uno de los niños para saber qué hacía. Fue muy fácil porque el campo estaba lleno de gente y esconderse entre la gente es lo más sencillo que hay. El niño, que era un poco más alto que yo y un poco más bajo que Dibra, fue atravesando el arroyo y dio toda la vuelta para entrar por la garita. Nos pusimos en la cola como treinta personas por detrás de él. Cuando llegó, lo primero que hizo fue ponerse en la cola para desayunar y nosotras esperamos fuera. Después empezó su jornada.

Atravesó hasta el sector siete, extendió su manta y se sentó. Ofrecía más o menos las mismas cosas que Wole: pastillas de jabón, algún cigarrillo, cepillos de dientes. No vimos que llevara ninguno de los juguetes de chapa de Wole ni tampoco ninguna jaula con bichos. Ahí estuvo bastante rato. La gente se acercaba y, a veces, vendía algo.

Luego empezó a hacer cosas raras.

La primera fue en la cola de la comida. Otra vez estábamos como veinte personas detrás de él. De repente, se salió de la fila y echó a andar. Dibra y yo nos miramos y lo fuimos siguiendo. Al poco entendimos que lo que hacía era seguir él también a unas personas: un hombre, una mujer y un niño.

Entonces pasó lo siguiente raro. La familia llegó a su contenedor y el chico se sentó en una esquina sin dejar de vigilar. Pasó allí mucho rato, hasta que fue cayendo la tarde. En ese momento, los tres volvieron a salir. Llevaban unas sillas y se acomodaron cerca de la puerta con otras personas y se pusieron a charlar con ellas. El chico se levantó del rincón y se fue por la parte de atrás del contenedor de la familia. Ahí vimos lo que hacía.

Porque la mujer había llevado un pañuelo alrededor del cuello. Un pañuelo muy bonito, amarillo. Y ese pañuelo estaba ahora tendido en una cuerda y eso era lo que el chico quería. Fue muy rápido: vigiló, se hizo el desentendido y luego, como un rayo, se deslizó por el lado del contenedor. Entonces alargó la mano, cogió el pañuelo y se lo metió por dentro del pantalón. Después, muy calmado, anduvo lentamente y se colocó en el río de gente que cruzaba por la calleja.

Yo miré a Dibra. Se había quedado paralizada.

Nos fuimos de allí. El chico iba por la calle delante de nosotras y volvió a la cola, que ahora se preparaba para la cena. Nos pusimos nosotras también. Dibra estaba pensativa.

–¿Te acuerdas cuando íbamos preguntando por los Zampule por el sector cinco, Isata? –me dijo. Yo asentí–. ¿No te acuerdas el gesto que hacía la gente, así, arrugando la nariz?

Yo le dije que sí. Dibra miraba hacia el chico.

–¿Y qué dijo el chico de la cicatriz en el cementerio, aquel que había visto a Wole en el camión de los dentistas? ¿No lo llamó «pequeño ladrón»?

Yo miraba a Dibra. Ella pensaba. La cola avanzó un metro.

–Isata, ¿alguna vez leíste *Oliver Twist*?

Yo le dije que no y ella me contó de qué iba el libro. No me gustó.

CUARENTA Y TRES

Aquello, la posibilidad de que Wole fuera un ladrón, hubiera sido la típica cosa que no nos hubiera dejado dormir ni a Dibra ni a mí. Sin embargo, lo peor estaba por pasar después de que perdiéramos al niño de vista.

Porque la vida seguía y eso quería decir que nosotras seguíamos con nuestro día a día. O, al menos, Dibra.

Esa tarde cenamos y luego nos pusimos en la cola del locutorio para que ella llamara al viejo país. Estuvimos ahí como una hora, y cuando fue nuestro turno, ya había caído la noche. Otra vez yo entré en la cabina junto a mi amiga y pude oír toda la conversación.

–Dibra... –dijo el señor Tahiri. Y en su voz estaba toda la desolación.

–Buenas noches, perdone que le llame tan tarde. ¿Están bien todos en su familia?

–Sí...

Luego, el señor Tahiri quiso hablar con el padre de Dibra, y ella volvió a explicar que aquello no era posible. Entonces, él se aclaró la garganta.

–Es tu tío Gjon... –dijo–. Ayer lo sentenciaron a muerte. Y lo mataron.

Dibra se quedó muy quieta. El señor Tahiri le preguntaba si estaba bien y le decía que lo sentía. Dibra colgó muy despacio el teléfono. Después lo pensó un minuto y volvió a marcar, esta vez el número que había sido de Kostandin. Pero pasó lo mismo de siempre: no estaba operativo.

Salimos y yo caminaba detrás de Dibra. Ella era como un espantapájaros que el viento tratara de arrancar del suelo. De pronto echó a correr y yo eché a correr detrás. Corrió como si el mundo quemara, como si el aire estuviera impregnado de gasolina, de una gasolina que la persiguiera. No paró hasta llegar a la valla en la que finalizaba el campo. Ahí sacó de su bolsa la linterna con la que le hacía señales a Kostandin. Y empezó a hacerlas, dirección norte.

Pero no seguía su código, sino que era alguien desesperado que trataba de comunicarse con el mundo, que trataba de no estar sola en el mundo. Apretaba y apretaba el botón mientras gemía de dolor y lloraba unas lágrimas grandes.

Entonces pasó.

Yo estaba detrás de ella, como a dos pasos, y me moví, tal vez hice que una piedra resbalara por el suelo. Dibra se volvió y sus ojos estaban llenos de rabia.

–¿Qué haces ahí siempre mirándome? –me gritó–. ¿Qué te pasa, es que eres un perrito faldero o qué? ¿Es que no tienes vida?

Dibra gritó todo aquello y yo me quedé inmóvil en el sitio. Ella volvió a gritar:

–¡Vete, ahora! ¡Vete!

Y yo me di la vuelta y eché a correr. Yo también lloraba.

CUARENTA Y CUATRO

Corrí. Y seguí corriendo. Porque no encontraba el aire y porque había algo helado que se me había metido en los pulmones y que me quemaba la garganta. Y había otra cosa que sonaba espantosamente en mis oídos y que era como una sirena mugiendo o como una bolsa que va expulsando un aire caliente y espantoso.

Corría y lloraba. Y de pronto me daba la impresión de que entendía por qué aquel niño que se había matado en la tienda de los huérfanos lo había hecho: había sido porque a su alrededor no había visto nada de luz que le pudiera dar esperanza.

Lloraba y después entendí qué era aquello que estaba oyendo.

Era mi voz. Mi voz atrapada desde hacía tantos años en mi trauma.

Vi el trauma entonces y reconocí a la mujer que caminaba conmigo por la carretera. Era mi madre. Recordé su rostro y recordé su nombre. Lule.

Corría por el campo y gritaba su nombre.

Lule. Lule. Lule.

Corría.

Después tropecé. Me caí en mitad del barro.

Seguí llorando.

CUARENTA Y CINCO

No sé cuánto tiempo pasé así. Mucho. Hacía frío.

Abrí los ojos y me acordé de que había dicho el nombre de mi madre y entonces quise volver a decirlo, pero mi voz me había vuelto a abandonar. Puse un codo sobre la tierra y miré a mi alrededor.

Había algunos árboles, había una tierra blanca, las jaras y las sabinas se clavaban en mis brazos.

Miré a mi alrededor buscando a Dibra, como si hubiera olvidado lo que había sucedido un rato antes, pero ella no estaba.

Me levanté. Eché a andar. Dibra había corrido delante de mí como si fuera un espantapájaros; yo era, tal vez, un robot estropeado, algún tipo de maquinaria de cuerda.

Realmente no veía. No entendía.

Seguí caminando. Poco a poco me pareció que entendía más cosas, que algún conocimiento se iba adentrando en mi mente.

Lo primero que supe fue que no estaba en el campo, que, de alguna manera, en mi carrera o en mi andar como un robot, había pasado por la garita y ahora estaba en la parte de atrás, más allá de la tienda de los Zampule. Di la vuelta sobre mí misma como para orientarme. Allí el campo, allí las montañas, allí el mar. El mar me llamaba. Porque me acordaba del niño que se había quitado la vida en la tienda de los huérfanos; me acordaba de mi sueño, el de aquella chica joven que se había enamorado del extranjero y lo había vuelto a ver, después de tantos años, y le había aterrado la improbabilidad.

Fui a dar un paso hacia el mar, eso es cierto.

Pero entonces lo vi.

Una silueta había salido de entre los olivos y ahora caminaba con paso decidido por el sendero de tierra.

No tardé ni un momento en reconocerlo. Era el chico que habíamos visto en la puerta de la tienda de los Zampule. El de la camiseta roja y los ojos tan grandes.

El chico se acercaba. Yo me tiré entre las sabinas y él no me vio. Pasó a tres metros de mí. Luego lo fui siguiendo. Se alejaba del campo. Caminé detrás de él hasta que llegó a su destino.

Había una zona de sembrados polvorientos y, en mitad de los mismos, una excavadora abandonada. Ahí se sentó, mientras yo lo miraba. Estuvimos los dos mucho rato. Él esperando y yo esperándolo a él. Al final, se levantó y se volvió hacia la zona de las tiendas. Lo vi entrar en la suya.

Después, muy despacio, me volví, rodeando la alambrada del campo hacia la garita. Los soldados que la guardaban me vieron llegar y yo les mostré mi identificación y ellos se rascaron la cabeza; noté que se preguntaban cosas. Pero no podían dejarme fuera, así que pasé y luego seguí todo el camino hasta donde estaba el contenedor de Dibra y ahí me tiré al suelo y ahí me dormí.

CUARENTA Y SEIS

–Isata –dijo Dibra. Yo abrí un ojo.

Dibra estaba sobre mí y lloraba. Yo abrí el otro ojo y ella me abrazó con fuerza, se tiró al suelo para abrazarme.

–Isata, Isata –decía–, perdóname. Estaba muy furiosa y muy enfadada. Y a veces, cuando uno está así, dice cosas que de verdad no piensa. Y lo pagué contigo.

Fue así de sencillo, porque así ha de ser cuando dos personas se quieren. Ella me abrazó y yo la abracé y las dos lloramos y nos fuimos, caminando de la mano, para la cola del retrete. Dibra estaba pensativa, lo estuvo todo el día. Y yo también. Porque tenía algo que contarle, pero no podía contárselo hasta la noche.

–No se lo voy a decir a mi padre, ¿entiendes? –me dijo Dibra mientras desayunábamos nuestra leche en polvo y nuestra fruta pocha–. Lo de su hermano Gjon. Porque, si no está en condiciones de ir a llamar él, pues tampoco está en condiciones de saber qué está pasando, ¿comprendes? Así que no se lo decimos.

Luego pasó el día, lento como todos. Antes de ponernos en la cola de la comida, salimos del campo y recolectamos flores e hicimos una pequeña corona con ellas. Después cruzamos la carretera, atravesamos las dunas, bajamos hasta la playa y arrojamos la corona allí. Para que se fuera al otro lado del mar, de ese mar que las dos habíamos cruzado.

Por la tarde yo empecé a ponerme nerviosa. Dibra me miraba.

–¿Qué te pasa, Isata? ¿Quieres ir a cenar ya?

Así que dejamos las cartas y nos pusimos a la cola de la cena. Cuando terminamos, empezaba a oscurecer y yo tiraba del brazo de Dibra.

–Isata, ¿qué tienes? ¿Adónde vamos?

Pero yo no le daba explicaciones. Salimos por la garita, fuimos dando toda la vuelta, dejamos atrás la zona de las tiendas y seguimos hasta donde yo había visto al chico de la camiseta roja. Estábamos en mitad de una zona de vides y en el centro de un claro había una gran excavadora que tenía pinta de haber sido abandonada allí años atrás. La señalé.

–¿Esa excavadora? ¿Qué pasa?

Yo le hice señas y las dos nos escondimos entre las vides. Fue cayendo la luz. Pasado mucho mucho tiempo, sentimos llegar al chico de la camiseta roja, que hizo lo mismo que había hecho la noche anterior: llegar a la excavadora, mirar en el interior de la pala y luego sentarse junto a ella. Dibra apenas respiraba. Lo miraba fijamente para no perderse detalle a pesar de la oscuridad del cielo.

CUARENTA Y SIETE

Primero nos miramos, después nos encogimos de hombros. Después salimos. Lo hicimos, pero no sigilosamente, porque no queríamos asustarlo. En lugar de eso, dejamos que nuestros pies resonaran en la grava mientras accedíamos al claro. El chico nos miró llegar y fue como si nos hubiera estado esperando. Nos observamos desde la distancia. Cantaban los grillos.

–Tú eres uno de los niños de la tienda de los Zampule –dijo Dibra.

–Sí –dijo él.

Dibra entonces miró para todos lados y después las dos avanzamos y nos sentamos a su lado.

–¿Cómo te llamas? –dijo Dibra.

–Jasir.

–Ah, Jasir, ¿conoces a Wole?

–Sí. Soy su hermano.

–¿Y sabes quiénes somos nosotras?

–Sí, vosotras preguntabais por él.

Dibra dejó pasar un minuto entero. Jasir no se movía.

–Cuéntanos la historia, por favor –dijo Dibra.

Y él nos fue contando, poco a poco. ¡Había tanto que no sabíamos!

–¿Sois todos hermanos, los de la tienda?

–No. Nosotros venimos del mismo sitio. Papá Zampule también.

–Y todos vendéis cosas...

–Sí.

–Y le dais el dinero a él.

–Sí. Tenemos que conseguir cinco euros al día cada uno.

–Por eso robáis.

–Sí.

–¿Y si no lo conseguís?

–Se enfada mucho.

Dibra estaba pensativa, me miraba cada poco.

–¿Fue eso lo que pasó con Wole?

–Sí, Papá Zampule tiene un martillo.

–¿Eras tú el que fue a la carpa de los dentistas?

–Sí.

Quedaba la pregunta esencial.

–¿Y Wole?

Jasir se encogió de hombros, por un momento pareció que iba a echarse a llorar.

–No sé. Yo no lo he visto desde ese día. Cuando Papá Zampule se enfadaba, nosotros nos escondíamos aquí.

–Y por eso vienes –dijo Dibra–. Por si él aparece.

–Sí.

–Y no ha venido...

–Sí ha venido –dijo Jasir.

–Antes has dicho que no.

–No, yo dije que yo no lo vi. Pero él sí vino.

CUARENTA Y OCHO

–Un día vine y encontré esto –dijo Jasir.

Se metió la mano en el bolsillo y sacó algo. Era una de aquellas flores hechas con los restos de una lata de refresco como la que nosotras habíamos encontrado en la riñonera de Wole. Una flor roja. Jasir la puso sobre su rodilla.

–¿La encontraste dónde? –dijo Dibra.

Jasir señaló a la pala de la excavadora.

–Así era como yo sé que él está bien. Él deja flor roja. Yo dejo flor verde.

–Porque él sabía que tú ibas a venir aquí –dijo Dibra.

–Sí. Así yo sé que él está ahí, en algún sitio.

Dibra pensaba. Tomó la figura de la rodilla de Jasir, la sostuvo entre los dedos un momento.

–¿Cuándo encontraste esto?

–No sé. Seis días, siete días.

–¿Y no has encontrado nada más?

–No.

Dibra seguía sosteniendo la figura, le dio la vuelta y leyó algunas letras.

–Este refresco es muy raro, nunca vi uno como este. ¿De qué marca es? –dijo Dibra.

–Root Cola.

–¿Y de dónde saca estas latas Wole? ¿Las coge de la basura?

–No, él no coge nunca nada de la basura. Él compra en el pueblo.

Dibra y yo nos miramos, porque las dos habíamos pensado lo mismo. Entonces ella se acordó de algo y rebuscó en su bolsa, sacó la riñonera de Wole y se la tendió a Jasir.

–Se lo dejó en la carpa –dijo. Luego se acordó, volvió a rebuscar y sacó el papel con los números. Se lo enseñó a Jasir–. ¿Esto significa algo para ti?

Él tomó el papel.

–No. Y mejor quédate tú todo –Jasir volvió a tenderle la riñonera a Dibra–. Mejor que Papa Zampule no lo vea.

Dibra se echó hacia atrás, apoyó las manos en las piedras, levantó la cabeza al viento de la noche. El viento olía a polvo y también a sarmientos picantes. Se veían, a lo lejos, las luces del campo. Dibra señaló a la montaña, que era señalar a la frontera.

–¿Y si Wole se ha ido? –dijo.

–No. Él, si va, va conmigo. Además, ¿cómo cruza?

–Ya.

Y fue más o menos entonces cuando yo señalé a mi reloj. Las dos nos levantamos y dejamos allí a Jasir. Y es que con tanta conversación se había hecho muy tarde. Y quedaba un rato largo de paseo hasta el campo. Y el padre de Dibra iba a estar muy enfadado.

CUARENTA Y NUEVE

Lo estaba. Otra vez esperaba fuera, aunque estaba solo. Después empezaron los gritos.

–No sé por qué eres como eres, Dibra, de verdad que no –decía el señor Kadiu.

Yo no la veía, pero me imaginaba a Dibra como una serpiente silenciosa que esperaba para clavar los dientes. Estuvo mucho rato callada, esa es la verdad, antes de hablar.

–¿Sabes por qué soy como soy? Pues porque no soy como tú. Yo no me conformo.

–¿Qué quiere decir eso? –dijo el señor Kadiu.

–Quiere decir que a lo mejor estoy haciendo las cosas que hago para no ser como tú. Que a lo mejor estoy haciendo todo lo que tú no haces por mamá y por Kostandin.

Dibra lo dijo, yo lo estaba oyendo desde fuera de su contenedor, y me estremecí de miedo. Porque los adultos a veces se enfadan mucho. Sin embargo, el señor Kadiu no pareció enfadarse. O a lo mejor era que se enfadó tanto que se convirtió él también en serpiente.

–Entiendo que lo que quieres es que no te controle; quieres hacer tus cosas. Bien, puedes hacerlas. En adelante puedes hacer lo que te dé la gana. Total, si no sé dónde están tu madre ni tu hermano, ¿qué más me da saber o no dónde estás tú?

Y yo creo que el señor Kadiu dijo aquello porque se pensaba que, al decirlo, Dibra se iba a poner a llorar o algo. Pero no. Dibra se quedó callada y yo me imaginaba bien sus ojos verdes y desafiantes. Así que el señor Kadiu se fue a dormir y luego, por la mañana, Dibra dijo que aquello no tenía tanta importancia y que aquello, en el fondo, no era más que entrar en la adolescencia.

También dijo que, en adelante, podíamos ir a cualquier parte, incluso al pueblo, si queríamos.

CINCUENTA

Aquella mañana nos levantamos más tarde. Estábamos cansadas y nos movíamos como fantasmas en las colas. Primero, la del retrete; luego, la de la ducha; luego, la del desayuno. El bus, en cualquier caso, nunca pasaba antes de las diez, según nos habían contado. Así que desayunamos con calma. De lejos vimos a Nadia llegar, pero ya no se sentaba con nosotras. Dibra la miró y se encogió de hombros. Luego dejamos la bandeja en su sitio y nos fuimos hacia la garita.

La parada, en la carretera, estaba como a un kilómetro del campo.

–¿Alguna vez fuiste al pueblo, Isata?

Yo le dije que no con la cabeza y ella me preguntó si llevaba mi certificado. Yo se lo mostré y ella sonrió.

–Buena chica –dijo.

La parada no era más que un poste en el que había pintado un autobús y, cuando llegamos, ya había varias personas esperando. Luego empezó a pegar el sol. Dibra le habló a una mujer que estaba a nuestro lado.

–¿A qué hora? –le dijo, y señaló a la carretera.

La mujer se encogió de hombros.

–A veces pasa y a veces no –dijo.

Pero ese día sí tocó que pasara. Era bastante viejo y echaba bastante humo. Tenía dos faros grandes en la parte de delante y era blanco con una franja de color rojo a lo largo y un cartel con el nombre del pueblo. Lo vimos llegar a lo lejos y hubo que dar codazos y empujar para no quedarse en tierra. Dibra llevaba, apretados en la mano, los euros que habíamos encontrado dentro de la riñonera de Wole. El conductor, un hombre con bigote, nos miró severo.

–Al pueblo, dos –dijo Dibra en inglés.

Los asientos eran del mismo color que la franja que el bus llevaba por fuera. Nos sentamos.

Cerca de nosotras, al otro lado del pasillo, iba una mujer con su hijo. Yo me puse muy nerviosa, y Dibra también. Lo mirábamos de reojo igual que hacía él con nosotras. Porque era un niño «normal», un niño «no refu», un niño libre que estaba en su propio país que no había sido devastado por ninguna guerra y que hacía cosas de niño «normal». Cosas como tener una casa y una escuela y a todos los miembros de su familia con él. Un niño que para ir al baño solo tenía que cruzar el pasillo de su casa y que para comer solo tenía que abrir un frigorífico. Un niño al que abrazaban, tal vez, por las noches y que por las tardes no tenía nada mejor que hacer que los deberes y ver un rato de televisión o salir a jugar con los amigos.

Sin embargo, el niño, que era un poco más grande que yo y un poco más pequeño que Dibra, no parecía ser consciente de todo aquello. Llevaba el pelo largo hasta las orejas y tenía algo en la mano que iba comiendo, una especie de fruta. La camisa, limpia, le quedaba perfecta porque era de su talla.

Dibra miraba al frente y se mordía los labios. El bus, indiferente a nosotras, iba avanzando por la carretera. Dejaba una larga estela de polvo detrás.

CINCUENTA Y UNO

Yendo por la carretera en dirección al pueblo, el mar quedaba a la izquierda. El bus enfiló primero una recta y se acercó a la zona de las dunas, allí donde estaban el cementerio de barcos y la odiosa mancha roja del «lugar al que no se mira». Yo lo vi de refilón, pero aparté pronto los ojos y me concentré en el frente. Más adelante acababa el matorral y empezaban los cultivos de melones; también empezaba a haber algunos bosquecillos de pinos. Después hubo una curva y el bus empezó a ascender por el acantilado. Al otro lado estaba el pueblo.

Lo vimos primero desde lo alto, luego empezamos a descender.

Era un pueblo alargado, que bajaba por una colina. Tenía un paseo con algunas palmeras, una playa de piedras redondas y un pequeño puerto. Fue llegando al puerto, al lado de una iglesia amarilla, cuando el bus se detuvo con un suspiro y todos bajamos. Había una plaza grande y, al final de esta, los toldos de un mercado en el que vendían pescados y frutas. Había mujeres caminando con bolsas y hombres que nos miraban desde la puerta de los cafés.

Era gente, gente normal. No refus.

A mí me ardía la cara y a Dibra también. Nos paramos las dos en una esquina.

–Tenemos que ir con la cabeza alta, ¿entiendes? No podemos dejar que esta gente nos hunda –me dijo.

Yo le dije que sí. Ella sonrió.

Después empezamos a buscar. Nuestro sistema era bien sencillo.

«Él no coge nunca nada de la basura», nos había dicho Jasir.

Y eso quería decir que Wole había comprado aquellas latas con las que había hecho las flores. Y eso quería decir que Wole había estado en el pueblo y que alguien tenía que haberlo visto.

Así que empezamos a meternos en todos los bares y todas las tabernas. Entrábamos y la gente nos miraba porque estaba claro que éramos refus, pero a Dibra no le importaba y a mí tampoco.

Entonces echábamos un vistazo por todo el local y luego nos acercábamos a la barra.

–Root Cola –decía Dibra.

Y fue más fácil de lo que parecía, porque en la mayor parte de los sitios no tenían ese refresco, así que nos podíamos ir tranquilas. En un bar sí tenían y preguntamos si conocían a Wole, pero no lo conocían y nos tuvimos que beber aquello sin que nos apeteciera. Dibra contaba el dinero. En el siguiente sitio en que tenían Root Cola tampoco conocían a Wole, pero no nos lo bebimos. Callejeábamos e íbamos subiendo la colina. Las calles eran de piedra y cada poco había un escalón. Le preguntamos a una mujer mayor.

–¿Bar?

–Abajo –dijo ella.

–No, abajo ya vimos –decía Dibra–. ¿Arriba?

–Arriba hotel –nos dijo la mujer.

El pueblo se interrumpía en una cuesta y nosotras la fuimos subiendo. Había otro grupo de casas allí arriba. La carretera serpenteaba y se metía por callejones. Vimos el pequeño hotel y entramos.

–Root Cola –dijo Dibra.

El hombre que había detrás del mostrador nos miró como si fuéramos marcianas que acabaran de bajarse de la nave espacial. Luego nos indicó con la mano que saliéramos y diéramos la vuelta. Eso hicimos. Atrás había una tienda de comestibles. Las estanterías rebosaban de latas de colores y de panes. Del techo colgaban jamones y sobre el mostrador había una inmensa mortadela. Una mujer estaba colocando más latas y nos miró. Yo señalé al frente.

Había allí, metido en una esquina, un expendedor de bebidas. Y lo ponía bien claro: «Root Cola».

CINCUENTA Y DOS

Nos acercamos al expendedor y dimos vueltas alrededor de él examinándolo desde todos los ángulos posibles. Entonces nos volvimos y miramos a la mujer que estaba ordenando las latas. Se había detenido y estaba junto al mostrador y nos observaba.

Entonces hizo algo extraño. Insólito.

Sonrió. Nos sonrió. Eso hizo.

La mujer sonrió y mucho más tarde, ya otro día, Dibra reflexionó sobre aquello. Lo que dijo fue que, literalmente, se nos había olvidado lo que se sentía cuando alguien te sonreía. Cuando lo hacía incondicionalmente y no como lo hacían los voluntarios y demás.

Aquello te llenaba el corazón. A mí me lo llenó y a Dibra también. Sus pecas relucían y hubiéramos muerto por aquella mujer en aquel momento sin dudarlo. Las dos. Luego, la mujer tendió la mano e hizo un gesto de que nos acercáramos y nosotras, al ir, fuimos como dos cervatillos temerosos de la persona que les ofrece la zanahoria.

La mujer, entonces, abrió un tarro y nos ofreció algo. Era chocolate, bombones. Dibra sonrió y cogimos varios. Se deshacían en la boca como calor añorado. Después volvimos a hacer nuestra representación.

–¿Wole? ¿Conoce usted a Wole? –preguntó Dibra.

La mujer nos miró con cara extrañada y dijo algo en un idioma incomprensible. Dibra miró en todas direcciones y luego sacó de su bolsa una de las pequeñas flores rojas y señaló a la máquina de refrescos.

La mujer sonrió. E hizo otra cosa. Se fue al mostrador y rebuscó y puso algo sobre la madera. Nos acercamos.

Era otra flor roja, casi idéntica a la que teníamos nosotras. Nos miramos. La mujer hablaba y hacía gestos.

–Está diciendo que esperemos. Que esperemos a alguien –decía Dibra–. Y que la sigamos.

Eso hicimos. Nos llevó a un patio que había atrás y nos pidió que nos sentáramos. Después nos trajo cosas para que comiéramos. Como a mediodía, llegó una niña. La hija de la mujer, o eso pensamos. Era morena, tenía los ojos muy grandes.

CINCUENTA Y TRES

Tenía los ojos muy grandes y era más o menos de la edad de Dibra y también nos sonrió. Hablaba inglés y se sentó con nosotras. La mujer le trajo algo de comida a ella también. Dibra le mostró la flor roja que Wole había hecho y ella la reconoció y primero sonrió, pero luego se puso un poco triste.

–Wole –dijo, y eso nos llenó de esperanza–. ¿Sabéis dónde está?

Aquello nos llenó de confusión. ¿Ella tampoco sabía dónde estaba Wole? Despacio, mientras comía, nos fue contando la historia.

–Él vino aquí por primera vez hará unos seis meses. Iba como vagabundeando y se metió en la tienda; vio los refrescos y sacó uno. Después cortó la lata con unas tijeras e hizo una de esas flores. La dejó aquí. ¿Sabéis? A veces se bebía tres o cuatro latas de golpe, y siempre dejaba una rosa. Tengo como diez en mi habitación. Lo que pasa es que él venía un día, y a lo mejor luego tardaba una semana en volver. Le gustaba el refresco y aquí estaba bien. Se sentaba ahí, en el rincón, y se ponía a armar flores. Siempre iba muy atareado. Y después, un día, dejó de venir.

Eso era lo que ella sabía. Dibra le contó entonces lo que sabíamos nosotras, aunque sin mencionar todo lo del maltrato de Papá Zampule. La cuestión era que ella lo había visto por última vez más o menos cuando lo habíamos visto nosotras. Y desde entonces, nada. Por supuesto, ella entendía nuestra preocupación y se preocupaba también.

La chica se quedó pensativa.

–Hubo un par de cosas raras el último día que estuvo –dijo.

–¿Qué cosas?

–Me dijo que necesitaba escribir una cosa, y que si le podía dar un papel y un lápiz. Así lo hice y él escribió algo, como si lo llevara en la cabeza y no lo quisiera olvidar.

–¿Y qué escribió?

–No lo sé. No lo vi. Creo que eran números, un grupo de números.

Dibra entonces rebuscó y sacó el pedazo de papel que Wole había dejado atrás. La chica lo miró un momento y luego se fue y volvió al poco con una libreta. Cogió el pedazo de papel y lo aplicó en una hoja cortada. Sonrió.

–Este es el resto de la hoja –dijo.

Entonces dijo que había algo más. Se había acordado de pronto.

–Quiso ver un mapa.

–¿Un mapa?

–Sí, uno del pueblo y de la zona de alrededor. Yo le traje uno, pero él necesitaba algo más detallado. Así que nos fuimos al hotel, donde tienen colgadas fotos aéreas de la región. Ahí se quedó mirando un rato... –la chica se paró de pronto–. ¿Sabéis lo que creo que estaba mirando?

–No.

–El viejo cementerio. El cementerio prehistórico.

CINCUENTA Y CUATRO

Un campo es un campo. Es como una ciudad, una aldea. Y las aldeas tienen sus leyendas. Y en nuestro campo pasaba igual. Solo que las leyendas tenían que ver con las cosas que nos obsesionan a los refus.

Alguien había perdido una mano intentando saltar la valla.

Alguien había muerto en el incendio de su tienda.

Alguien había cruzado al otro lado y otro alguien, no se sabía cómo, había tenido noticias del primero y sabía que ahora estaba en una ciudad y tenía un negocio.

Alguien había sentido el fantasma de un ahogado dando vueltas por el «lugar al que no se mira».

O alguien había sentido el fantasma de otro alguien viviendo entre los restos de los barcos.

Mil cosas.

Y entre las leyendas, por supuesto, estaban las de las rutas secretas de escape. Esas que todos buscaban y que nadie encontraba.

Y eso era el cementerio prehistórico. Nosotras habíamos oído contar la historia, al menos alguna parte, unas cien veces. Y era más o menos así.

Siguiendo la carretera en dirección a la ciudad, lejos del campo ya, había una colina sobre la que, como dos mil años antes, había vivido otra gente. Había vivido y habían dejado un montón de restos. Cuevas excavadas en las colinas y extrañas construcciones de piedra. Según se decía, una de aquellas cuevas contenía un túnel muy largo que iba por debajo de la frontera y que salía al otro lado.

Por supuesto, nadie sabía dónde estaba esa cueva.

Todo aquello lo hablamos con la chica. Ella, incluso, nos llevó a ver las fotos aéreas que había examinado Wole. Eran todas fotos antiguas, de antes de que se hiciera el campo. Tampoco estaba el cementerio de barcos ni el «lugar al que no se mira».

CINCUENTA Y CINCO

En el bus de vuelta, sentada en su asiento, Dibra iba muy pensativa. Yo le acaricié un brazo y ella me miró. Caía lentamente una tarde color violeta.

–¿Tú qué opinas, Isata? –me dijo.

Ella lo dijo y yo sabía a qué se refería. Se refería a todas las cosas que habíamos aprendido sobre Wole los últimos días: sobre Wole y Papá Zampule, sobre Wole como ladrón...

Por supuesto, yo no podía contestarle. Le sonreí y ella sonrió también.

–No, yo tampoco creo que Wole haya huido –dijo–. Si lo hubiera hecho, no sé, ya no sería Wole.

Aquello era importante, sin duda. Después Dibra se echó hacia atrás en el asiento y cerró los ojos. Otra vez pasábamos cerca del «lugar al que no se mira» y otra vez aparté la vista. Dibra había sacado el papel de Wole y estaba examinando los números.

–No lo entiendo.

Yo tampoco lo entendía. Ella me estaba mirando. Y me siguió mirando cuando bajamos del bus y cuando entramos por la garita. Yo me di cuenta, de pronto, de lo que estaba pensando. Y ella se dio cuenta de que yo me daba cuenta. Aquello me puso muy triste.

–A lo mejor ir allí es peligroso, Isata –dijo.

Yo me enfadé. Se lo dije por gestos. Que yo también iba. Que no me iba a dejar atrás así, de cualquier manera. Dibra se sonreía.

–Creo que estás un poco loca, Isata. Un poco.

Luego llegamos a la puerta de su contenedor. Ella seguía pensativa.

CINCUENTA Y SEIS

–No, no, no, no, no y no, ¿lo entiendes? No –eso decía Samir, que estaba muy enfadado.

Habíamos pasado la tarde buscándolo y, al final, lo habíamos encontrado en la cola para los documentos. Él, primero, había levantado las cejas y se había sorprendido de vernos llegar a su lado. Después, conforme Dibra le iba contando las cosas, se había ido asustando y luego había terminado por enfadarse.

–Creo que no entiendes ni un pimiento de lo que estás diciendo.

–¿Qué es lo que no entiendo? Dímelo –decía Dibra.

–Que es peligroso. Que eso no es el campamento, ni tampoco el pueblo –decía Samir.

La cola avanzó otro poco y fue el turno de Samir de entrar en la carpa de los papeles. Nosotras nos sentamos a un lado y empezó a oírse, por detrás del murmullo de las voces de la gente, el chirrido de los grillos. Al cabo de un rato salió Samir. Se quedó mirándonos un momento y luego echó a andar. Fuimos detrás de él.

–Escucha, solo tienes que decirnos cómo llegar allí, nada más –decía Dibra.

–No –decía él.

Al final llegamos a la cola de la cena y nos pusimos con él. Dibra hacía como que estaba enfadada. Él la miraba.

–Escucha... –dijo Samir.

–No, no te preocupes. Alguien nos dirá cómo llegar.

Así que todos permanecimos callados el resto del tiempo en la cola. Pero Dibra era sabia, y cuando cogimos nuestra hamburguesa, nos sentamos con él.

–Ese paso no existe. Es mentira.

–No estamos buscando un paso, sino a Wole. ¿No escuchas?

Samir maldijo. Luego rebuscó en su bolsa y sacó una libreta y un boli. Empezó a dibujar. Era una cosa muy esquemática. Había un cuadradito que era el campo y unas líneas que eran las carreteras. También estaban la playa y el pueblo. Él iba indicando. En esta dirección había más o menos un kilómetro. Allí había que coger el autobús que iba a la ciudad. Y luego andar como tres kilómetros hacia la frontera. Después, decían, había otro camino que se abría a la derecha y desde ahí se llegaba a una colina. Había que trepar. En lo alto estaba el cementerio. Dibra y yo mirábamos a todo aquello. Samir se echó hacia atrás.

–Hay lo menos cuatro kilómetros hasta este primer camino. Y luego otros tres. Y hay más cosas: soldados que van patrullando. No policías de los que ves por aquí, sino soldados de verdad, de los Frontex. Y más allá, en la montaña, están los campamentos de los desesperados, ¿entiendes?

Los desesperados eran los que se habían escapado del campamento y hacían guardia junto a la frontera para intentar saltar la valla y pasar al otro lado. Vivían a la intemperie y de cualquier manera. Dibra lo miró todo, luego le preguntó a Samir si podía quedarse el mapa.

–Es una tontería ir ahí, ¿no lo entiendes? –dijo él.

–¿Por qué? –dijo Dibra.

–Ya te lo he dicho antes: es peligroso.

Dibra se encogió de hombros.

–Perdona, pero es que yo no veo el peligro. ¿Qué es peligroso, que haya soldados? No. No más que los policías. Entonces, ¿los desesperados? No lo creo. ¿O es que soy yo peligrosa o lo eres tú? No, serán gente normal, como nosotros. Y, en cualquier caso...

–¿Qué? –dijo Samir.

–Verás, nosotras no es que necesitemos que nos proteja nadie, pero, si estás tan preocupado, puedes venirte. Así te quedas más tranquilo.

Samir la miró y su mirada quemaba. Dibra era profundamente sabia.

Y, como lo era, se levantó justo entonces y echó a andar.

–Piénsalo, Samir –dijo.

Luego, las dos nos perdimos en la oscuridad. Allí lo dejamos.

CINCUENTA Y SIETE

–¿Y dónde se coge el bus para ir a la ciudad? –le había preguntado Dibra a Samir.

–Hay que salir por la garita y echar a andar hacia la izquierda. Hay una parada como a un kilómetro, más o menos.

–Y si fuéramos mañana, ¿a qué hora tendríamos que ir? –dijo Dibra.

Samir había resoplado y las dos habíamos podido ver cómo reflexionaba.

–Mañana se supone que pasará sobre las diez. Pero normalmente llega más tarde, sobre las once y media –dijo Samir.

Dibra lo miró muy fijamente.

–Espero que no me estés mintiendo –dijo.

Ella lo dijo y Samir fue como una hoja que se llevaba el viento.

Por la mañana nos aseamos y desayunamos y nos fuimos hacia la garita. Soplaba un viento desacostumbradamente frío y había formaciones nubosas sobre las montañas al norte. Olía a agua en el ambiente. Cruzamos la garita y enseguida lo vimos.

Samir parecía un pollo que se acabara de escapar de la cazuela.

–Estáis locas –dijo.

Pero luego echó a andar detrás de nosotras y caminó así un trecho. Después ya se puso a nuestra altura. La parada era igual que la otra: nada más que un poste pegado a la tierra. Ahí nos quedamos los tres, en silencio y sin que nosotras miráramos a Samir, pero mirándonos la una a la otra y sonriendo cuando notábamos que Samir no se daba cuenta.

–Qué buen día para ir a la ciudad, ¿no? –dijo Dibra. Y a Samir se le puso la cara roja.

Luego llegó el bus y montamos. La carretera atravesaba el saladar que estaba punteado cada poco por pitas y por higueras solitarias. El mar estaba primero a nuestra derecha, pero luego se perdió tras una loma. Al frente se veía la sierra tras su acostumbrada cortina de polvo. Hubo dos paradas. En la tercera, Samir se levantó y nos miró y nosotras nos levantamos también.

Había una nada abajo. Solo un cruce y una rotonda y zarzas. Samir nos llevó hasta el cruce y luego avanzó como otros cien metros hasta llegar a un camino de tierra que seguía hacia el norte. Samir se detuvo y nos miró.

–Lo que tenéis que entender es que ahora estamos cerca de la frontera. Y cada vez lo estaremos más. Eso significa soldados.

Así que nos pusimos a andar por el campo, siguiendo una ruta paralela al camino. Las zarzas eran afiladas y se nos enganchaban en la ropa y nos rasgaban las pantorrillas. Dos veces tuvimos que echarnos al suelo porque por el camino venía un todoterreno de los Frontex. La segunda vez, Samir tiró de su mochila, sacó una botella de agua y nos ofreció. Luego continuamos hasta que una ancha colina se fue acercando. A su pie se detuvo Samir y señaló hacia arriba.

CINCUENTA Y OCHO

–Tiene que haber un camino por el que se pueda subir –dijo Samir–. O eso me dijeron.

Así que nos pusimos a dar vueltas. La colina se veía como un risco de piedra blanca y vertical. Nosotros apartábamos las zarzas y tratábamos de calcular pendientes. Dibra silbó a lo lejos y Samir y yo nos acercamos. Había varias piedras de gran tamaño adosadas a un lado de la pared y, más arriba, algo que, si una llevaba mucho cuidado, podía ser considerado un sendero que casi alcanzaba la cima.

–¿Cómo lo ves? –dijo Dibra.

Samir se encogió de hombros.

Luego empezó a subir. Él trepaba y me alargaba la mano para ayudarme mientras Dibra me empujaba desde abajo. Luego le dábamos la mano a ella. Estábamos terminando de trepar cuando sentimos ya los primeros truenos. Samir miraba hacia lo alto y negaba con la cabeza y Dibra se reía.

–¿Qué pasa, te asusta mojarte? –decía Dibra.

Samir no contestó.

Terminamos de trepar y nos quedamos en lo alto de la meseta. Ahí lo vimos.

Diseminados por la zona había montones de piedras blancas, tal y como si un camión hubiera llegado hasta allí y las hubiera volcado. Las piedras eran grandes y cuadradas y en cada montón, alto como Samir, había una oquedad negra, a veces coronada por dinteles tallados de la misma piedra. Si una se acercaba a aquellos huecos, notaba la profundidad fresca de la montaña. Dibra y yo nos asomamos a una. Después, Samir nos silbó y nos dijo que nos aproximáramos.

Se había colocado al borde mismo de la meseta y desde allí dominaba todo el terreno. Era evidente lo que quería enseñarnos: como a doscientos metros de donde estábamos, abajo, se alzaba la valla que marcaba la frontera. Era un pesado armatoste de tubos de metal, alambre de espino y concertinas. En realidad, no era una valla, sino tres. Cada una, de unos cuatro metros de alto. A lo lejos se veía una de las torres de vigilancia. Samir estuvo un largo rato mirando hacia la valla, como si estuviera probando sus fuerzas. Después desistió, se sentó y sacó su botella de agua y un envoltorio de papel de plata en el que llevaba pedazos de chocolate. Todo el rato miraba a Dibra.

–Bienvenida al cementerio. Ahora, dime dónde está Wole –le dijo.

Se comió un par de pedazos de chocolate y me ofreció el papel de plata. Después se tumbó panza arriba entre las zarzas y entornó los ojos. Yo me comí dos onzas y miré a Dibra, que estaba dando vueltas por la zona y que se acercaba a una de aquellas bocas.

–¿Y aquí no vive nadie? –preguntó.

Samir resopló.

–¿Quién va a vivir aquí? Esto es un cementerio. La gente no vive en los cementerios.

–Ya, pero hay un techo dentro de estas cuevas –dijo Dibra desde lejos.

–Bueno, dicen que alguien sí que estuvo viviendo aquí. Que hubo campamentos hace un par de años. Pero que no tenía mucho sentido.

–¿Por qué? –dijo Dibra.

–Porque los soldados saben dónde estás. Y la policía. Además, aquí a veces vienen arqueólogos y cosas así.

–Ah.

Dibra se había metido en uno de los túmulos. Yo corrí detrás de ella. El vano era fresco y olía a piedra, había unos escalones y un pasillo. Dibra encendió su linterna y la fue pasando por las paredes, el techo, el suelo.

–No es más que una habitación. Aquí no hay nada –dijo.

Cuando salimos, empezó a llover. Samir seguía tendido en el suelo.

CINCUENTA Y NUEVE

Al principio llovió suave, pero luego empezó a hacerse más intenso. Entonces pasaron varias cosas. Primero, que empezó a oler a tierra mojada, lo que era delicioso. Segundo, que Samir se levantó de donde estaba tirado y vino a refugiarse a donde estábamos nosotras. Nos convertimos en tres cabezas asomadas al terreno que rápidamente se empapaba.

Lo tercero que pasó es que los chicos pueden llegar a ser muy molestos.

Samir nos miraba, miraba a Dibra, y se burlaba. Levantó una piedra.

–¿A ver si está aquí Wole? No. Voy a mirar mejor en el pasillo...

Entonces se iba hasta el fondo de la pequeña habitación y alumbraba con la linterna.

–No, tampoco –decía.

A Dibra le ardía la cara.

–Ven, vamos, Isata –dijo. Y se levantó, y yo con ella.

–¿Adónde vais?

–¿Te importa?

Así que salimos y corrimos y llegamos al siguiente túmulo. Dibra iba maldiciendo:

–Idiota, idiota.

Nos metimos por el vano oscuro y ahí nos sentamos. Había una pequeña habitación que terminaba en una oquedad estrecha y alargada. Pasó un rato. Dibra maldecía cada poco.

–¿Dónde está Wole, dónde está Wole? –decía imitando el tono de voz de Samir.

La cuestión era que Dibra iba caminando de un lado a otro de la habitación y que eso la llevaba, en ocasiones, hasta el hueco que se abría al fondo. La cuestión es que, en una de esas ocasiones, se quedó quieta de repente y alumbró con la linterna. Me llamó.

–Isata, ven.

Yo fui y ella me señaló. En el pasillo, que daba a algo semejante a una escalera de roca que se perdía en la oscuridad, había una cosa.

Una de las pequeñas flores rojas que Wole componía con trozos de latas de Root Cola.

SESENTA

Miramos hacia el fondo oscuro y luego hacia la entrada, donde seguía cayendo la lluvia, y luego otra vez hacia el pasillo que se adentraba en la cueva. Dibra alumbró con la linterna, pero la luz no devolvía más que paredes. Luego bajó un escalón y tomó la flor. Llamó.

–¿Wole?

Pero nada respondía. Dibra volvió a mirar hacia afuera y luego me hizo un gesto de que la esperara ahí. Por supuesto, yo no le hice caso, al contrario: me pegué a su espalda y las dos entramos en aquello.

–Despacio, tranquila –decía Dibra. Su voz era la que no sonaba tranquila.

Bajamos un escalón, luego otro. Dibra movía la linterna, pero no había mucho que alumbrar. El pasillo se estrechaba y se alargaba. Luego giraba. El paso se hacía, a continuación, tan angosto que yo dudé que la propia Dibra pudiera caber. Dibra lanzó la luz hacia aquella zona. Más paredes, más silencio. Otro hueco al fondo.

–Mejor volvemos –dijo Dibra–. No quisiera...

Y todo se precipitó. De repente, Dibra perdió pie y yo vi cómo se la tragaba la tierra. Yo, por instinto, alargué la mano para cogérsela, pero al momento noté que también me deslizaba. Caímos resbalando unos cuantos metros y al final aterrizamos sobre un suelo de piedra.

–Au –dijo Dibra. Después hubo un silencio que no eran más que respiraciones–. ¿Estás bien, Isata?

Yo le dije que sí. La luz de la linterna de Dibra alumbró mi cara y después barrió el entorno. Más paredes y un pasillo que descendía. Luego enfocó al lugar por el que habíamos resbalado. Era una pared casi vertical. Dibra me miró.

–Voy a auparte, Isata. Entonces tú llegas arriba y vas a buscar a Samir, ¿vale?

Yo le dije que sí y eso hicimos. Solo que no era tan fácil, porque Dibra me alzaba y yo me estiraba, pero no llegaba hasta el borde. Tres veces lo intentamos, pero no pudo ser. Dibra me miró y se encogió de hombros con tristeza. Entonces empezó a llamar a Samir.

–Samiiiir. Samiiiir.

Cada vez llamaba y esperaba, por si oía algún ruido que le indicara que Samir se acercaba, pero nadie respondía. Dibra maldijo y me miró.

–Bueno, ya se preguntará qué estamos haciendo y vendrá a ver. Entonces lo llamamos otra vez –dijo.

Entonces nos sentamos en el suelo.

SESENTA Y UNO

Había una especie de hornacina en el túnel y ahí nos sentamos las dos, apretadas la una contra la otra. Dibra apagó la linterna.

–Mejor si conservamos las pilas –dijo.

Entonces todo se quedó oscuro, pero no era aquella una oscuridad como la del campamento o la de la noche, sino una oscuridad absoluta en la que era imposible verse siquiera la palma de la mano. Y peor eran los sonidos que hacía la tierra, porque una podía pensar que ahí abajo no se oiría nada, pero no era cierto. La tierra gruñía y se quejaba como haría un estómago inmenso que estuviera digiriendo una comida pesada. Hacía craaac, como si la montaña se deslizase, y luego había un minuto en que solo oíamos cómo respiraba la otra.

Entonces algo me rozó la mano.

Algo húmedo, cálido, suave. Algo que me tocó, levemente, dos veces y después se apartó. Lo mismo le sucedió a Dibra. Ella dio un respingo y se incorporó y encendió la linterna. El suelo se movía, había cosas ahí. Cosas como bultos que se deslizasen, bultos con ojos rojizos que brillaban y nos miraban.

Eran ratas. Asquerosas ratas.

Ratas negras y de hocicos rosados y de larguísimas colas. Había sido uno de aquellos hocicos lo que me había rozado la mano.

–Ah, no –dijo Dibra.

Dibra volvió a alumbrar el pasillo. Las había a cientos. Salían de las oquedades de la roca y nos miraban y se lanzaban al suelo y se acercaban. Nosotras las pateamos. O eso hicimos al principio. Volvimos a llamar a Samir.

–Samiir, Samiiiir –y la voz de Dibra era de verdadera desesperación ahora.

Dibra volvió a alumbrar el suelo, este estaba ya a rebosar de bultos asquerosos y de ojos que nos miraban. Dibra maldijo.

–¡Vamos! –gritó.

Echamos a correr túnel abajo, eso hicimos.

Enloquecimos.

Porque a lo mejor una rata nos trepaba por la pantorrilla o nos acariciaba con sus bigotes. Porque a lo mejor pisábamos a otra. O porque una caía desde un hueco del techo sobre nosotras.

Gritábamos.

–¡Corre, corre!

Y corríamos y las ratas nos iban detrás y nos iban delante y nos iban por los lados. Las ratas nada más que esperando que nos paráramos, que nos cansáramos, que nos durmiéramos. Yo lo pensaba y sé que Dibra también lo pensaba. Y mientras tanto, nos adentrábamos en la colina. Había un túnel y luego otro. Aquello giraba, subía, bajaba. A ratos había pequeñas habitaciones y a ratos los pasillos estaban medio desmoronados o se estrechaban de tal modo que teníamos que ponernos de lado y esforzarnos para pasar.

Entonces la luz de la linterna empezó a vacilar. La cara de Dibra era el terror puro. Estábamos justo en mitad de un pasillo.

–Para –dijo Dibra. Las dos jadeábamos–. Vamos a descansar cinco minutos. Pero, sobre todo, no te sientes, pase lo que pase.

Yo no pensaba sentarme en ningún caso. Dibra apagó la linterna y los ojos de nuestras enemigas volvieron a brillar. Si sentíamos a alguna por los pies, la pateábamos. Entonces se alejaban todas y teníamos unos segundos de calma. Pero volvían enseguida. Luego, volvimos a andar. Lo hacíamos a oscuras y Dibra encendía la linterna de vez en cuando. El pasillo bajaba ahora en una pendiente más pronunciada y tropezábamos con piedras sueltas. De pronto, Dibra se detuvo.

–Hay algo aquí. Algo que tapa el paso –dijo.

Encendió la linterna. Y ojalá no lo hubiera hecho.

SESENTA Y DOS

El pasillo se estrechaba y había algo ahí, algo que tapaba el paso. Las dos gritamos.

Era un cuerpo. O lo que quedaba de un cuerpo.

Un cuerpo humano encajado en la grieta. Una calavera gris que nos miraba con ojos vacíos y de la que colgaban algunas guedejas de cabello.

Gritamos y echamos a correr en la dirección contraria. La luz de la linterna bamboleaba contra las paredes y los techos y llegamos a un pasillo donde tuvimos que parar para descansar. Dibra respiraba trabajosamente, las ratas se amontonaron de nuevo a nuestros pies. La luz volvió a apagarse y las dos reflexionamos sobre lo que habíamos visto; por supuesto, las dos lo habíamos comprendido bien.

Alguien había recorrido aquellos túneles buscando el paso al otro lado de la frontera. Y había bajado aquel pasillo estrecho y se había quedado encajado en la piedra y no había podido ni ir hacia delante ni ir hacia atrás. Entonces se había quedado ahí, con las ratas.

Pero Dibra era observadora. Y muy lista. Yo noté que de pronto respiraba de otra manera, como si se hubiera calmado. Eso era que estaba pensando algo.

–¿Te fijaste en la calavera, Isata? –dijo–. Tenía pelos colgando, ¿lo viste?

Yo le dije que sí.

–Isata, dime la verdad: ¿se movían esos pelos?

Yo no lo sabía. Dibra se irguió de pronto.

–Vamos.

Así que regresamos. Dibra no encendió la linterna hasta que volvimos a topar con la calavera. Entonces nos apartamos un poco y dejamos hueco.

–Fíjate, se mueven, ¿lo ves? –dijo Dibra. Y era cierto: algo hacía que aquellos cabellos colgantes oscilaran en el aire. Ella dio un paso adelante, me tendió la linterna.

Tocó el cuerpo con una mano.

–Enfoca hacia abajo –dijo. Yo lo hice. El hueco se ensanchaba ahí, a la altura de las rodillas de aquel pobre. Y había más. Porque había algo raro en una de las piernas del hombre. Como si alguien se la hubiera girado en un ángulo imposible. Y la cuestión era que, como consecuencia de aquel ángulo, existía un resquicio. Dibra me miró, respiró hondo como si fuera a sumergirse en el mar.

–¿Preparada? –dijo. Y me alumbró. Yo le dije que sí con la cabeza.

Así que nos echamos al suelo y apretamos las caras contra la piedra. Las ratas nos corrían por las mejillas, nos arañaban las narices. El hueco era mínimo, apenas lo suficiente para que pasara yo, que fui primero. Cuando lo logré, empecé a tirar de Dibra. Ella pasó la cabeza y después un brazo. Las ratas le corrían por la camiseta y por el pelo. Yo tiraba con todas mis fuerzas. Después pasó el otro brazo. Al final, consiguió pasar toda ella y se puso de pie de un salto. Para entonces yo ya lo había notado.

Había algo diferente, algo que, al principio, no supe identificar.

Primero un olor.

Me lo dije a mí misma: «Es tierra mojada, Isata, a eso huele».

Y luego otra cosa: «Es aire, Isata. Aire que se mueve».

Tiré del brazo de Dibra.

–¿Qué? ¿Qué ocurre?

Pero yo no podía decirle lo que ocurría, solo tirar de ella con fuerza. Dibra protestó, porque se enganchaba en el túnel. Pero yo tiraba y tiraba. Entonces ella lo notó también.

–Aire –dijo.

Dibra encendió la linterna, que ya casi no daba luz, y alumbró el pasillo. Este bajaba, recto. Incluso se ensanchaba un poco unos metros más adelante. Las ratas, a nuestros pies, chillaron como si supieran que se quedaban sin comida. Echamos a correr. Corrimos y corrimos y las ratas corrían con nosotras. La sensación de aire se hizo más intensa y el túnel empezó a subir. Lo vimos.

Vimos el cielo, recortado más allá de una boca.

Y las estrellas, las deliciosas, preciosas estrellas.

SESENTA Y TRES

Ya no llovía y el cielo se había despejado. Salimos y debíamos de parecer dos topillos embarrados que caen por una ladera. La tierra estaba empapada y nos reíamos y nos abrazábamos y las ratas nos miraban desde lo profundo de la cueva y nos señalaban con sus hocicos asquerosos.

Nos abrazamos y nos quedamos sentadas. Era de noche y a nuestro alrededor no había más que zarzas y, a lo lejos, las montañas, la misma sierra de siempre con su velo de polvo que era posible ver incluso de noche. Cantaban los grillos y ululaban las lechuzas.

–Tenemos que movernos, Isata. Tenemos que volver –dijo Dibra.

No había ningún camino. Nos pusimos de pie sobre un saliente de roca para ver dónde nos encontrábamos. Más allá estaba la valla, que iba cruzando, metálica, toda la llanura. Dibra miraba a nuestro alrededor tratando de adivinar desde qué punto habíamos entrado en la tierra. Luego nos fuimos alejando de la valla, buscando un camino. Al poco empezamos a sentir mucho frío. También estábamos muy cansadas porque llevábamos muchas horas andando.

–Deberíamos quitarnos los calcetines –dijo Dibra.

Nos sentamos y dejamos los zapatos a un lado. Ella colgó los calcetines en una zarza que había cerca y nos sentamos apretadas la una contra la otra.

Después no sé qué pasó. Seguramente me quedé dormida porque, cuando volví a abrir los ojos, amanecía ya.

Dibra me miraba con ojos pensativos.

–Últimamente estoy teniendo otro sueño –me dijo. Luego me lo contó–. Hay un campo parecido a este, con menos zarzas y más piedras. Un campo largo. Y una pared hecha de muchas piedras, de alta como tú. Y ahí estamos Kostandin y yo. Los dos. No sé lo que hacemos ahí ni por qué estamos. Vamos, además, en bicicleta. Cada uno en la suya. Paseamos sin rumbo fijo. Pero de pronto pasa algo. Hay como un chirrido de frenos o no sé muy bien qué cosa. Y Kostandin empieza a gritarme: «Corre, Dibra, corre». Y yo pedaleo y él va detrás, aunque no entiendo bien lo que pasa. Entonces empiezan a sonar disparos a nuestra espalda. Yo pedaleo más deprisa y voy siguiendo la valla de piedra. Oigo los tiros y oigo a Kostandin: «Corre, corre». Y yo corro hasta que la valla gira a la izquierda y me meto por ahí y sigo y sigo. Luego noto que los disparos se oyen más flojo. Al final me paro. Por primera vez, miro atrás. Miro, pero Kostandin no está. Estoy sola.

Ella me contó todo aquello y yo la miraba. Entonces señaló a nuestro alrededor.

–Hay algo muy raro, ¿no te das cuenta? –dijo.

Yo miré a todos lados, pero no sabía a qué se refería. Ella se levantó. Nuestros calcetines estaban más o menos secos. Los palpó con la mano, después señaló a la valla.

–¿Cuánto tiempo llevamos en el campo? ¿Cuántos años? ¿Y no sabemos orientarnos en nuestro entorno? Isata, en todos estos años, ¿no era que estaba primero el mar, luego el campo, luego la valla y luego la sierra?

Yo lo pensé y luego dije que sí. Dibra sonrió.

–Y entonces, Isata, ¿cómo es que tenemos al frente la sierra y detrás la valla?

Dibra dijo aquello y luego señaló hacia unas colinas. Yo lo pensé un momento. Luego lo entendí. Y entendí todo lo que significaba.

Habíamos cruzado. Estábamos al otro lado. Estábamos en un país distinto a aquel en el que habíamos solicitado el asilo.

SESENTA Y CUATRO

Nos pusimos nuestros calcetines y nuestros zapatos y echamos a andar. Dudábamos sobre qué era mejor: si mantenerse lejos de la valla o si estar cerca. Dibra rumiaba las palabras.

–Oh, todo esto afecta a nuestro estatus, Isata. Porque ahora mismo ya no somos, técnicamente, refus. No, ahora somos inmigrantes ilegales, ¿comprendes?

Yo lo comprendía, pero aquello no me afectaba de momento. Porque miraba a mi alrededor y no había nada. Solo zarzas y barro que iba secando el tenue sol del amanecer. La valla de la frontera resplandecía en grises y cantaban los pájaros.

También empezó a preocuparnos otra cosa, y era que teníamos mucha hambre y mucha sed. Y era normal porque el día antes habíamos desayunado, y desde eso no habíamos comido más que los pedazos de chocolate que nos había dado Samir en el cementerio.

Mis tripas protestaron. Lo hicieron y yo sabía que iban a seguir protestando mucho rato. Dibra me miró y sonrió.

–Vamos –dijo.

La cuestión era adónde exactamente íbamos. A lo lejos vimos un camino que corría paralelo a la valla.

De pronto nos quedamos quietas.

En el camino, montado en una bicicleta y mirándonos, había un hombre.

SESENTA Y CINCO

El hombre vestía unos pantalones viejos y una camisa vieja y unas alpargatas y un sombrero de paja. En el momento en que lo vimos había parado la bicicleta y nos miraba. Imagino lo que debió de ver y lo que debió de pensar: dos niñas en mitad de la nada, cubiertas de barro de la cabeza a los pies. Dos niñas junto a la valla de la frontera, surgidas de quién sabía dónde.

El hombre nos miraba y yo miré a Dibra, a la espera de que ella tomara la decisión: ¿corríamos o qué hacíamos? Ella, muy tranquila, levantó una mano y saludó. El hombre pareció desconcertarse un momento. Después levantó él también la mano y nos hizo un gesto para que nos acercáramos.

Dibra me tomó de la mano y fuimos.

De cerca, el hombre tenía la edad del padre de Dibra, solo que era del todo diferente. Diferente la piel y las arrugas y las manos, porque era como si todo fuera de cuero. Tenía los ojos oscuros y nos miraba con atención y era obvio que se preguntaba quienes éramos. Nosotras nos paramos como a tres metros de él y Dibra volvió a saludar.

–Hola –dijo. Y fue como si el hombre se sorprendiera de que tuviéramos voz–. ¿Habla usted inglés?

El hombre sonrió y dijo que sí. Su inglés era muy básico. Nos preguntó quiénes éramos y se lo dijimos. También le dijimos que veníamos del campo de refus y que habíamos cruzado. Él arrugó la frente.

–¿Tenéis hambre?

Y claro que teníamos. En la parte de atrás de la bici llevaba una caja cubierta con un plástico. Lo quitó y debajo había garrafas de agua y pan y queso y salchichas. Nos ofreció de todo. Luego hizo un gesto.

–Mejor nos quitamos de aquí –dijo–. Pueden venir soldados.

Así que echamos a andar con él. Él caminaba y nosotras comíamos con las manos llenas.

–Me llamo Nikifor –dijo–. El campamento está por ahí.

–¿Un campamento? –dijo Dibra.

–Sí.

Nikifor señaló al frente. Había un bosquecillo de pinos, para ahí íbamos. El suelo empezó a ascender y dejó de ser arenoso para ser de tierra roja y los pinos comenzaron a darnos sombra. Dibra iba pensativa.

–¿Un campamento aquí? ¿Para qué, si ya se ha cruzado la frontera?

Luego llegamos al campamento.

SESENTA Y SEIS

El monte bajaba en una suave pendiente y del violeta del suelo destacaron de pronto unas manchas de color en forma de iglú. No eran más que seis o siete. Después vimos a las personas: otras manchas de color en torno a una pequeña fogata. Había restos de bolsas de plástico, de garrafas de agua. Había perolas de hierro y ropa tendida. Las personas en torno a la fogata habían estado hablando, pero se quedaron en silencio al vernos. Nikifor miró hacia nosotras y nos sonrió.

–Venid, venid –nos dijo. Las otras personas, varios hombres, pero también varias mujeres, se acercaron a nosotras con curiosidad.

Nos sentamos con ellos. Poco a poco, entre gestos y fragmentos de idiomas, nos fueron contando la historia.

Eran nueve en aquel momento, y sí que era cierto que estábamos al otro lado de la frontera. Todos habían estado en nuestro campo. Unos en el sector seis, otros en el dos, otros en el cinco. Y todos habían cruzado la frontera en los días previos. Solo que no a nuestra manera, sino saltando la valla. Aparte de eso, tenían otras cosas en común.

Porque el campamento era, en realidad, un hospital. El hospital de los que, al saltar, se habían herido de tal manera que no habían podido continuar.

Así, había brazos rotos y tobillos dislocados y espantosos vendajes y dedos cortados. Nikifor, moviéndose entre todos, daba aquí una palmada en el hombro y allí se acercaba a examinar un vendaje. O bajaba cosas de la bicicleta o simplemente sonreía.

Y, cuando lo hacía, yo me quería morir. Allí mismo.

SESENTA Y SIETE

Fue más o menos en ese momento, sentadas entre los otros refus, cuando todo empezó a hacerse muy confuso. Habíamos estado toda la noche vagando por el túnel y apenas habíamos dormido y el cansancio estaba empezando a vencernos. Una de las mujeres se dio cuenta y apartó a los demás con grandes gestos.

–Están cansadas, ¿no lo veis? –decía.

Luego nos indicó que la siguiéramos y nos llevó hasta una de las tiendas. Entró, apartó un poco de ropa y nos hizo un hueco en uno de los sacos de dormir que había en el suelo. Ahí nos tendimos, Dibra y yo, la una apretada contra la otra, y ahí, muy rápidamente, nos dormimos. Tuve un sueño extraño.

Una niña va caminando por un campo del color del azafrán. Va pensativa, mirando hacia el suelo. Cada poco se agacha y hace algo. Todo esto lo veo desde lejos, sin que sepa quién es la niña ni por qué está ahí. Pero luego, de repente, veo de cerca, porque es como si yo estuviera en los ojos de la niña. Y lo que pasa es que el suelo, ese suelo amarillento y que es como un césped muy tupido, casi como si fuera una alfombra, tiene largos pedazos arrancados. Y lo que la niña está haciendo es tomar los pedazos, que son como piel, y colocarlos en su sitio. Lo hace, además, con extrema delicadeza. Como si aquellas fueran heridas que el suelo ha sufrido y como si aquellas heridas las sintiera ella misma.

La niña, cada vez, acerca mucho la mirada a ese color azafrán, hasta que el color azafrán lo es todo.

Es entonces cuando abro los ojos y sigo viendo ese color. Y tardo un momento en darme cuenta de que hay alguien sentado a mi lado y que ese alguien me mira. Alguien que lleva puesta una camiseta que es justo de ese color amarillo.

Entonces abro más los ojos y lo miro. Y sonrío. Y casi lo digo en voz alta.

Wole.

SESENTA Y OCHO

Wole me sonrió y yo le di un codazo a Dibra y ella gruñó y yo le di otro codazo. Entonces Dibra, al fin, abrió los ojos. Protestó.

–Isata... –dijo.

Pero se quedó a medias. Porque ya lo había visto. Wole sonreía.

Luego, todo fueron muchos abrazos y muchas lágrimas. Después, caía ya la tarde porque habíamos dormido muchísimo, nos sentamos fuera de la tienda. Wole tomaba café y nosotras no podíamos dejar de comer. Dibra era un millón de preguntas. Y Wole también.

–Vimos tu flor roja en la cueva del cementerio –dijo Dibra.

Wole abrió mucho los ojos.

–¿Y por qué estabais ahí?

Dibra me miró, y es que, claro, Wole no lo sabía.

–Te estábamos buscando. Estábamos preocupadas por ti...

Wole abrió más los ojos y nosotras nos echamos a reír. Desde luego que no se lo esperaba. Y eso nos gustó. Dibra se puso seria.

–¿Qué te pasó, Wole? ¿Tú también resbalaste?

–Sí –dijo Wole.

–Y también viste a las ratas.

–Sí, ¿visteis al hombre?

–Sí. ¿Fuiste tú quien le hizo aquello en la pierna?

–No. Ya la tenía así –dijo Wole.

Luego nos pusimos al día. Nosotras le mirábamos la cabeza. Tenía una cicatriz reciente a la altura del ojo. Él se dio cuenta de que la mirábamos y se la tocó con los dedos.

–Vimos a Papá Zampule –dijo Dibra–. Y también conocimos a Jasir.

Después le contamos también lo que Jasir nos había dicho y cómo habíamos ido al pueblo buscando la Root Cola. Él sonreía. Pero luego tuvo que contarnos, él también, la historia de los chicos y Papá Zampule. De cómo habían venido todos juntos y de cómo el hombre los obligaba a trabajar para él y de cómo aquella noche habían discutido y el hombre le había pegado con el martillo. Dibra asentía porque todo eso ya lo habíamos supuesto.

–¿Fue por eso por lo que decidiste cruzar? –preguntó–. ¿Porque ya no aguantabas más con Papá Zampule?

–Sí.

–Pero no se lo dijiste a Jasir.

–No. Yo no pensaba que yo cruzo esa noche. Yo pensaba «yo veo y después vuelvo al campo y entonces cruzamos Jasir y yo». Pero entonces yo entro en túnel y me resbalo y encuentro a las ratas y me pierdo y luego estoy aquí. Y entonces no puedo volver.

–¿No puedes?

–No. ¿Tú vas a cruzar otra vez por donde ratas? No, tú no vas a cruzar otra vez.

Y Wole tenía razón, porque solo de pensarlo se nos erizaban todos los pelillos del cuerpo.

–Entonces, no puedo volver por ahí y tampoco puedo saltar –Wole se señaló la pierna que no le funcionaba bien.

Luego, Wole nos contó más cosas: que había un pueblo allí cerca, que era donde vivía Nikifor; que Nikifor era médico; que él lo ayudaba mientras pensaba qué hacer: que traía y llevaba cosas, que se informaba. Después Wole sonrió de una forma muy rara y se puso muy misterioso.

–Yo tengo que enseñar algo a ti –le dijo a Dibra.

SESENTA Y NUEVE

–¿Dónde estamos yendo, Wole? –dijo Dibra.

Había caído la noche y había vuelto a llover. Después había parado, pero todo olía a aquella tierra mojada y a los árboles húmedos. Wole había insistido. Teníamos que ver una cosa y tenía que ser por la noche. Así que ahí íbamos los tres. Habíamos descendido de la loma en que estaba el campamento y ahora trepábamos por otro sendero. El suelo, que por la mañana había sido arena y después tierra compacta y violeta, empezaba a ser ahora roca. Había un saliente más arriba. Wole llegó hasta allí y allí puso unos plásticos en el suelo y se sentó. Miraba fijamente al norte. Nos dijo que nos sentáramos.

–¿Qué? –decía Dibra.

–Mejor esperar –dijo Wole.

La noche era oscura porque el cielo estaba cubierto de nubes, pero se veía lo suficiente como para adivinar que frente a nosotros estaba la sierra que siempre veíamos desde el campamento. Solo que, como consecuencia de la orientación, ahora se veían algunas montañas que estaban tapadas desde el llano. En el campamento de Nikifor nos habían dado algo de ropa de abrigo.

–Tú sabes que ahora mismo no somos refus, ¿verdad? –dijo Dibra.

–Sí.

Y era verdad porque, al cruzar la frontera, habíamos perdido nuestro estatus y ahora éramos inmigrantes ilegales, sin papeles. Yo la miraba y entendía que ella estaba considerando algo o que algo estaba cambiando dentro de ella. Wole, entonces, sacó unos pedazos de chocolate de su mochila. Dibra y yo los miramos y nos echamos a reír. Porque en todo aquel tiempo no habíamos pensado ni una vez en el pobre Samir.

El pobre Samir y todo lo que había debido de pasar al otro lado de la frontera.

Samir bajo la lluvia, en medio de las tumbas, con la noche cayendo y sin rastro de nosotras. ¿Qué habría hecho? ¿Se habría metido por los túneles él también? ¿O se habría ido corriendo para el campamento a decir lo que había pasado?

Nos imaginamos de pronto a los soldados y a los policías dando vueltas por el viejo cementerio mientras el padre de Dibra estaba preocupado y se desesperaba y se culpaba. Yo le cogí la mano a Dibra y se la apreté y ella me la apretó a mí.

–Yo creo que Samir, lo que habrá hecho, habrá sido salir corriendo, no se habrá metido en los túneles, ¿verdad, Isata?

Yo le dije que sí. Luego estuvimos un rato callados los tres. Mirábamos por mirar hacia las montañas y empezaron a cantar los grillos y a volar los pájaros nocturnos, lo que quería decir que ya no iba a llover más. Dibra empezó a impacientarse.

–Wole, ¿qué hacemos aquí?

Y fue entonces cuando empezó. Wole levantó una mano y señaló con el dedo.

SETENTA

Había dos montañas frente a nosotros que dejaban entre ellas una amplia uve. Y era a través de esa uve que veíamos otra montaña que estaba más lejos. Ahí empezó.

De pronto hubo una serie de parpadeos, como los que haría alguien con una linterna. Wole había sacado otra que llevaba y contestó. Parpadeó un montón de veces. Entonces hubo un instante de espera y, desde el otro lado, alguien empezó a mandar señales de nuevo.

Uno, dos y tres destellos.

Entonces una pausa.

Luego uno y dos.

Y otra pausa.

Luego uno.

Y otra pausa.

Entonces uno, dos y tres.

Aquello se paró y al principio yo no entendía lo que pasaba. Pero el hecho es que Dibra había aguantado un montón el aire en los pulmones y ahora rompió a llorar.

Pasó algo de tiempo. Tal vez un minuto. Entonces empezó otra vez.

Tres destellos. Dos destellos. Un destello. Tres destellos.

Wole sonreía y a Dibra le temblaba la mano. Le tembló cuando la tendió hacia la linterna que llevaba Wole.

SETENTA Y UNO

Dibra tomó la linterna y empezó el código. Tres, dos, una, tres. Sesenta segundos. Y otra vez. Al otro lado hubo un instante de confusión. La luz parpadeó ostensiblemente. Dibra gimió de dolor. Wole hablaba calmadamente.

–Él hace así todas las noches, pero yo nunca contesto. Yo solo hago al principio, para que sepa que estoy y para que no se vaya.

Dibra cogió la linterna con más fuerza. Al otro lado esperaban.

Entonces Dibra marcó otro código:

Tres. Tres. Tres.

Y al otro lado: dos, dos, dos.

A Dibra se le cayó la linterna. Se cayó ella al suelo.

–Es Kostandin, es Kostandin –decía.

Y yo me eché encima de ella y la abracé y la cubrí de besos y ella era como un inmenso bebé que se deshiciera en mis brazos. Al otro lado, la linterna de Kostandin parecía haber enloquecido.

Así estuvieron un rato. Comunicándose los dos hermanos y mandándose los códigos una y otra vez. Fue por entonces que nos dimos cuenta de lo pobre que era aquella forma de comunicación. Porque no servía más que para decirle al otro que el uno existía y que estaba allí, al alcance de la mano, pero no servía para contestar preguntas. ¿Estaba la madre de Dibra con Kostandin? ¿Estaba él bien? ¿Cómo podía saber Kostandin que su padre estaba bien? ¿Cómo podía saber que Dibra estaba de su mismo lado de la frontera?

De pronto, Dibra se envaró, se quedó muy quieta. Miró a Wole.

–El papel... –dijo–. El papel.

Así que Dibra se fue a la riñonera de Wole y rebuscó. Por supuesto, allí estaba. El papel. Dibra se reía y decía que ahora lo entendía. Tres, dos, uno, tres, sesenta segundos...

–Oh, Wole –decía Dibra–. Oh, Wole.

SETENTA Y DOS

–Yo quería decirte, pero no sabía cómo hacer –decía Wole. Dibra asentía.

Se había calmado al fin y habíamos regresado al campamento de Nikifor. Ahora estábamos sentados en torno a una fogata.

–Esto lo cambia todo –decía Dibra–. Lo cambia todo.

Ella lo decía y yo también lo sentía así. Lo sentía y me daba miedo, porque aquello era lo mismo del sueño que yo había tenido tantas veces. Aquel de la muchacha joven que vivía en un pueblo y que veía a un extranjero y se enamoraba de él y después volvía a verlo muchos años después en el otro extremo del mundo. Aquel en el que yo me despertaba siempre sin saber qué hacía la muchacha después de aterrarse por la absoluta improbabilidad de aquel reencuentro. «Ah, Isata, ahora es cuando vas a saber qué hizo finalmente aquella joven, si se acercó a saludarlo o si se fue al mar y se suicidó». Yo los miraba a uno y a otro y tenía miedo, ya lo he dicho. Porque había, de pronto, un vacío bajo nuestros pies.

–La cuestión es que tenemos que volver allí –Dibra señaló hacia el sur, hacia la frontera, donde estaba el campamento–. Tenemos que volver porque mi padre debe saber.

Wole estaba pensativo. Por supuesto, regresar a través de los túneles estaba descartado. En cuanto a saltar la valla, bueno, allí estaban los heridos. También era cierto que nos sentíamos muy cansadas.

Así que nos fuimos a dormir. Nos hicieron sitio en una de las tiendas.

SETENTA Y TRES

Desde lo alto de nuestro cerro, escondidas entre las higueras, veíamos pasar por el camino los todoterrenos de los soldados. Había mucho movimiento aquella mañana y todos dedujeron que debían de estar buscándonos. También pasaba que Nikifor no había venido, pero eso, nos explicó Wole, era normal cuando había tantos soldados por abajo.

En el campamento no se había encendido ninguna fogata y todos hablábamos en susurros. Sobre el mediodía, un grupo de soldados estuvo muy cerca de nuestro bosquecillo. Luego se alejaron. Cantaban las alondras.

–¿Cuál era tu estatus en el campamento, Wole? –preguntó Dibra.

–Certificado de examen –dijo Wole. Eso quería decir que tenía un carné provisional mientras se examinaban a fondo los motivos que podían hacerlo refugiado. Ese carné le permitía salir del campo, pero no cruzar fronteras.

–Igual que yo –dijo Dibra–. Un año entero así.

–Dicen que puedes estar muchos años en el campo de refugiados hasta que se arreglen los papeles –dijo Wole.

Los tres mirábamos hacia el norte. Hacia donde estaba Nikifor y había otro mundo. Dibra sacudió la cabeza.

–Ya nos preocuparemos por eso. Ahora lo importante es que tengo que volver al campo para contarle a mi padre.

Dibra entonó de una forma muy particular y yo me la quedé mirando. Porque eso quería decir que se le había ocurrido una solución. Ella me miró también, porque aquello me afectaba.

–¿Qué pasaría si nos entregáramos a los Frontex? –dijo Dibra. Wole la miró muy fijamente; ella sonrió–. ¿Qué tendrían que hacer?

–Ellos te entregan a la policía de este país –dijo Wole.

–Ya, eso es lo que dice la ley, pero ¿qué harán? ¿Qué harán si se entregan unos niños que llevan el certificado provisional de refugiado y que están a cinco kilómetros del campo en el que residen?

Wole abrió mucho los ojos, se quedó pensativo.

–Eso es peligroso –dijo. Y se refería a que, si los Frontex nos entregaban a la policía del país en el que estábamos ahora, entraríamos en algún centro de extranjeros y entonces sería imposible volver al campo, al menos en muchos meses.

Dibra se encogió de hombros.

–Lo sé. Pero no se me ocurre otra cosa.

Esa conversación terminó ahí. Más tarde, Dibra y yo volvimos al sitio desde el que habíamos visto las señales de Kostandin y tuvimos nuestra propia conversación.

–Hay dos opciones, Isata –decía Dibra–: o cruzamos por los túneles o nos entregamos a los Frontex. Y creo que voy a hacer esto último, porque no creo que tenga fuerzas para lo otro.

Luego me explicó que Wole no iba a querer entregarse a los Frontex porque, si lo devolvían al campo, lo devolvían a Papá Zampule. Se quedó callada. Después me miró fijamente.

–Pero la cuestión, Isata, es que tú deberías pensar lo que quieres. A lo mejor te convendría quedarte aquí, porque la vez anterior pudimos cruzar, no sabemos cómo, pero no puedo garantizarte que seamos capaces de volver a cruzar. Y quizás, Isata, tú estés mejor aquí. Tal vez, cuando alguno de los que están aquí o de los que vengan en los próximos saltos se curen, puedas seguir con ellos hacia el norte y encontrar asilo en un lugar que de verdad te convenga.

Yo la seguía mirando y estaba muy enfadada.

–Por eso, Isata, deberías pensarlo bien. Porque hemos recorrido mucho camino juntas, sí, pero tal vez para ti sea mejor que nos separemos.

Ella lo dijo y yo estaba muy enfadada y así se lo dije, a mi manera. Ella sonrió.

SETENTA Y CUATRO

Todos los del campamento se acercaron a despedirnos en aquella mañana densa y colmada de abejas. Cogimos nuestros certificados de refugiados, los alisamos bien, los doblamos cuidadosamente y los metimos entre nuestras ropas. Después, las mujeres nos abrazaron y nos sirvieron café caliente. Al fin echamos a andar, con Wole guiándonos. Habíamos decidido que daríamos una vuelta por detrás de la colina y que bajaríamos a la zona en que las zarzas eran más espesas. Entonces seguiríamos un sendero que terminaba muy cerca de la valla. Luego, ya solo debíamos seguir el camino y esperar. Wole nos llevó hasta un lugar lleno de cardos marinos y, a partir de ahí, caminamos agachadas, pues no queríamos delatar a los soldados la posición del campamento. En el borde del camino tuvimos la última conversación con Wole.

–Wole, ¿en este país hay centros de internamiento o no?

–No sé.

–Es importante, Wole. Pregúntale a Nikifor.

Él estuvo de acuerdo. Volvimos a discutir sobre qué pasaría a continuación, pero lo único cierto era que no podíamos saberlo. Así que nos despedimos con un abrazo y seguimos caminando, agachadas entre los cardos y las sabinas. Al llegar al camino, miramos atrás por última vez. Wole no era más que una mancha amarilla que se confundía con el chaparral. Saludó con la mano y nosotras le dimos la espalda.

El camino era de arena y corría perpendicular a la valla. Esta, en aquella zona, era un lío inmenso de alambradas que se retorcían. La valla no acababa nunca y venía desde el grupo de lomas al oeste para perderse en la llanura sin fin de más allá. A lo lejos vimos las colinas que contenían las cuevas por las que habíamos cruzado. Dibra se detuvo.

–Si el cementerio está por ahí, eso quiere decir que el campo está más hacia allá. Por aquella zona –dijo.

En realidad, daba igual en qué dirección ir. Más adelante vimos, a lo lejos, una torre de vigilancia. Y ese era el plan. Porque en la torre habría alguien, y si no, al menos habría alguna cámara.

Así que caminamos hacia ella. No pasaron ni diez minutos antes de que se produjera el primer movimiento. De repente, de detrás de una loma, surgió uno de los coches de los Frontex. El coche se detuvo un momento, como si nos mirase. Después lo sentimos arrancar y fue bajando a toda velocidad hacia nosotras. Dejaba tras él una larga estela de polvo.

El coche se paró a nuestro lado y bajaron dos Frontex. Un hombre y una mujer. Dibra y yo nos habíamos quedado paradas en mitad del camino, con nuestras identificaciones bien visibles para que supieran que éramos del campo de refugiados.

Los Frontex iban armados, con gruesas botas y uniformes militares de camuflaje y boinas. Se acercaron, nos rodearon. Eran dos personas rubias, de ojos claros, venidos del norte. Dibra levantó aún más su identificación.

–Somos del campo –dijo en inglés–. Allá –y señaló en la dirección en la que pensábamos que estaba el campo.

Los Frontex se llevaron la radio a la boca y dijeron algo. Luego se acercaron más. El siguiente rato, las siguientes horas, fueron muy confusas.

SETENTA Y CINCO

Primero nos ofrecieron agua, después nos metieron en el coche, que arrancó y anduvo un par de kilómetros en dirección este. Entonces giró hacia el norte. Nosotras mirábamos atrás y al poco vimos cómo la alambrada desaparecía y cómo nos adentrábamos en aquel país nuevo. Los Frontex iban en silencio, aunque la chica se giraba para mirarnos. Al cabo de un rato vimos que se acercaba una base llena de alambradas y contenedores. Pasamos una garita y bajamos en un patio. Otros Frontex se acercaron a mirarnos mientras hablaban entre ellos. Después nos trasladaron a uno de los contenedores, que era algo así como un hospital, y llegó una enfermera. Dibra le dijo que estábamos bien y ahí nos quedamos, esperando, sentadas en una camilla, muchísimo tiempo, tal vez horas. Luego vinieron más Frontex y nos llevaron por un pasillo hasta una habitación. Nos ofrecieron comida y agua y nos dejaron solas otro rato largo. Al fin vino otra Frontex, que era la que nos tenía que hacer preguntas.

Por dónde habíamos cruzado, cosas así.

–Por debajo de la valla –dijo Dibra.

–Eso no es posible –dijo la Frontex. Dibra se encogió de hombros. La Frontex examinaba papeles y sacudía la cabeza.

–¿Qué van a hacer con nosotras? –preguntó Dibra.

La Frontex nos miró. Luego se fue sin decir nada. El sitio en el que estábamos era feo. En realidad, era poco más que una celda. En uno de los sillones nos quedamos medio dormidas. Nos despertamos de golpe cuando entraron otros soldados.

–Vamos.

Y fuimos. Volvimos a salir al patio y nos montaron en una especie de furgón como los que se usan para llevar a los presos y luego el furgón arrancó y notamos que salía a la carretera. El problema era que el furgón no tenía ventanas atrás y no podíamos saber qué estaba haciendo: si volviendo hacia el campo o adentrándose más en aquel país. Dibra me miró y yo le di la mano y así estuvimos todo el tiempo hasta que notamos que el coche iba más lento. La impresión fue que se paraba en una garita y que luego volvía a arrancar. Después, el coche se detuvo.

–¿Qué pasará? –Estábamos nerviosas.

Llamamos, pero nadie nos dijo nada. Ni siquiera cuando la puerta se abrió y uno de los Frontex nos dio agua y bocadillos. La tarde iba cayendo y empezaron a cantar los grillos. Después notamos que llegaba otro coche y que los Frontex hablaban con alguien. Entonces se abrió la puerta.

–Bajad.

Bajamos y Dibra sonrió y yo sonreí. Porque allí estaba la valla y al otro lado había otro coche, del que se habían bajado otros dos soldados. Los Frontex llegaron hasta el límite de la frontera y los soldados que había al otro lado abrieron una puertecita. Hablaron un momento mientras los soldados que nos habían llevado hasta allí les daban a los otros nuestras identificaciones del campo. Después se fueron y la puerta de la valla se cerró. Los nuevos soldados nos miraron un momento.

–Vamos –dijo uno de ellos.

Y así fue como fuimos al otro coche y como este arrancó. Dibra sonreía y me daba la mano.

–Hemos vuelto, Isata.

Y era así. Al poco vimos el campo a lo lejos y luego cruzamos la garita y nos hicieron bajar y nos metieron en una de las carpas de la administración. Después, pasado mucho rato, oímos otras voces.

Una de las voces era de una de las voluntarias del barracón de los huérfanos.

Y otra era la del padre de Dibra.

SETENTA Y SEIS

Todo eso estaba pasando, pero también estaban pasando otras cosas dentro de mí. Y estas no eran menos importantes.

Porque yo sabía que me iban a arrancar de Dibra, que nos iban a separar. Que a Dibra su padre se la iba a llevar a su contenedor y que a mí me iban a llevar al barracón de los huérfanos. Y yo no quería que nos separaran.

Por eso estaba todo el rato aferrada a ella. Agarrándola del brazo.

Dibra me miraba y me sonreía.

–Tranquila, Isata –me decía.

Ella lo decía, pero no lo comprendía. Lo comprendió cuando el padre de Dibra, que estaba muy enfadado, tiró de ella y nos desprendimos. Entonces fue cuando me volví loca. No lo recuerdo muy bien.

No lo recuerdo bien porque yo estuve loca todo ese rato. Lo único que recuerdo son gritos. Gritos que eran míos y que eran de los demás. Gritos de Dibra, de su padre, de las encargadas, de los soldados. Recuerdo el cielo cuajado de estrellas, la luz de los focos.

Recuerdo el sabor de las lágrimas de Dibra. Su voz:

–Tranquila, Isata, tranquila. Todo va a estar bien –decía. Y me abrazaba.

Luego me fui calmando, dejé de estar loca. Por supuesto seguía aferrada a Dibra. Así fue como terminé pasando los siguientes días en su contenedor, durmiendo en su cama. Y oyendo las conversaciones que mantenía con su padre.

SETENTA Y SIETE

–Dibra, yo sé que tú eres como eres. Y no voy a discutir más veces eso, pero tienes que saber que me has decepcionado mucho –decía el padre de Dibra. Ella estaba silenciosa y yo estaba en el rincón más apartado del contenedor, metida en la cama y hecha un ovillo–. Y, de verdad, no sé qué hacer contigo. No sé qué hacer.

Él era un hombre calmado, pero eso daba aún más miedo. Dibra esperaba.

–Tengo que castigarte, Dibra. Pero quisiera que primero hablaras conmigo con claridad, que me contaras qué pasa –decía el padre–. Dime, hija: ¿dónde estuviste? ¿Dónde has pasado estas noches?

Y por eso era por lo que Dibra había estado tan callada hasta ese momento. Porque ¿qué le habían dicho los Frontex y los del campo a su padre? ¿Le habían dicho que habíamos cruzado la frontera y que ellos nos habían devuelto ilegalmente al campo? Esa era la cuestión. Porque si el padre preguntaba aquello era porque no le habían contado la verdad. Así que Dibra se sonrió. Yo no la vi, pero sé que lo hizo.

–¿Te acuerdas, papá, de lo que siempre decías, de que los de Acnur te engañaron al llegar aquí? ¿No te acuerdas de que te hicieron firmar aquellos papeles, aquellos que decían que todo era provisional y que después ibas a poder solicitar el asilo en cualquier parte? ¿No te engañaron en eso? ¿No te dijeron mil cosas que luego no cumplieron?

El padre se quedó callado un momento.

–No sé qué tiene eso que ver, Dibra –dijo.

–Tiene que ver, papá, porque otra vez te han engañado. No estábamos «por ahí, por el campo». Estábamos al otro lado.

–¿Al otro lado de qué?

–De la frontera, papá. ¿De qué va a ser?

Después siguió un silencio tan pesado y tan hondo que yo pensé que el padre se había desmayado. Sin embargo, Dibra continuó hablando. Ahora lo estaba contando todo. O casi todo. Se guardó lo mejor para el final.

–Pero he vuelto porque tenía que contarte una cosa.

–¿El qué?

–Papá, Kostandin está ahí, al otro lado. En una de las montañas.

El padre, al principio, no lo creyó. Pero luego dudó.

–¿Y por qué iba a estar él ahí? No, él no haría eso. Él vendría. Se pondría en contacto con nosotros. Y, si está bien, ¿por qué no ha llamado al señor Tahiri en el viejo país? ¿Por qué no ha llamado al tío Gjon? –el padre dijo aquello y Dibra guardó un largo silencio. Su voz era distinta cuando volvió a hablar.

–No sé por qué Kostandin no se pone en contacto con nosotros. Tal vez no tenga teléfono; tal vez está viviendo en un campamento en mitad de la montaña. Es decir, no creo que esté ahí de legal ni que tenga un trabajo ni que esté regularizado. ¿Por qué no llama al señor Tahiri? Tampoco lo sé. A lo mejor vez perdió el número. Y en cuanto al tío Gjon...

–¿Qué le pasa?

–Lo mataron, papá. Lo ejecutaron hace unos días. El señor Tahiri me lo dijo y yo no quise contártelo, lo siento.

El padre se quedó un momento callado. Un momento muy pesado. Dibra volvió a hablar.

–Son tiempos duros y hemos perdido al tío Gjon, papá. Pero hemos encontrado a Kostandin. Y tal vez mamá y el tío Pavli y la tía Dardana y el primo Ylli estén con él. Papá, ¿no quieres volver a ver a tu esposa, a la hermosa Emina? Porque yo sí quiero verla, ¿entiendes?

SETENTA Y OCHO

Eso fue lo que se habló aquella noche en el contenedor de Dibra. Luego, ella se vino a dormir a mi lado y las dos nos apretamos como dos animalillos exhaustos. Por la mañana, al salir a la puerta, nos encontramos con una visita.

Nos miró con los ojos inmensos y vino a nosotras y nos abrazó. Era Samir, por supuesto.

–¿Estáis bien? –decía.

Y la voz de Dibra sonó grave y ronca, como de adulta:

–Más o menos.

–Dicen que habéis estado fuera.

–¿Y quién lo dice?

Por supuesto, volver al campo era volver al rumor de la gente, al sonido de sus voces y de sus pasos en la madrugada. Era volver a las colas. En la del desayuno nos fue contando Samir cómo había sido todo aquello desde su perspectiva.

Primero se extrañó de no vernos salir; entonces se acercó y pensó que nos habíamos escondido para hacerle una broma. Pero después, cuando vio que no aparecíamos, se sintió preocupado. Empezó a llamarnos, pero no contestamos. Luego, la noche fue cayendo y él corrió de vuelta para dar la voz de alarma. Le habían gritado mucho, o eso nos dijo.

Más tarde salimos los tres por la garita y cruzamos la carretera hasta las dunas, para pasar la mañana mirando al mar. Nos sentamos entre las siemprevivas y los chorlitejos y allí fue donde Dibra le contó toda la historia a Samir. Dibra hablaba y yo la miraba. Porque yo sabía que ella ya había trazado su propio plan.

–Samir, en ese país que hay al otro lado de la valla, ¿hay centros de internamiento o qué hacen con los inmigrantes ilegales? –dijo Dibra.

Samir la miró muy fijo.

–No lo sé. Es un país rico. Más rico que este. Así que puede ser que sí haya. ¿Por qué?

Dibra no contestó. Samir tembló cuando se dio cuenta de lo que ella proponía.

–No –dijo.

Dibra sonrió.

–Eso fue lo mismo que dijiste cuando te propusimos ir al cementerio. Y mira. Aquí estamos las dos, sanas y salvas.

–Cruzaste por error. ¿Y quién serías si cruzases? Nadie. Serías nada. Alguien que no tiene ningún papel y ningún derecho. Además...

–¿Qué?

–Tendrías tu certificado del campo. Si te parara cualquier policía, al final te devolverían aquí.

–Bueno, eso sería si lo tuviera, ¿no? –dijo Dibra. Samir volvió a temblar–. Si no lo tuviera, ¿qué me harían? No podrían devolverme aquí.

–Te internarían en un centro de extranjeros.

–Ya, Samir, pero no pueden tenerte siempre en un centro de extranjeros. Solo pueden tenerte un tiempo. Y tú lo sabes. Y sabes que lo que está pasando es que a muchos los tienen que soltar.

Samir no dijo nada. Yo lo notaba pensar a toda velocidad. Dibra sonrió.

–En cualquier caso, ahí está mi hermano y tal vez el resto de mi familia. Trataré de llegar a ellos antes de que me cojan. Y, entre todos, lo resolveremos –Dibra sonrió–. Además, ya he cruzado la frontera dos veces, así que ¿qué importa una más?

Después de la cena volvimos a salir por la garita, dimos la vuelta alrededor del campo y nos sentamos junto a la excavadora para esperar a Jasir. Llegó al poco rato, nos vio y echó a correr hacia nosotras. También le contamos a él la historia. Y el plan que habían trazado entre Wole y Dibra. Jasir dio palmas y más palmas.

–*Gaming*, sí, *gaming* –decía.

Luego lo dejamos allí porque teníamos otra cosa que hacer aquella noche.

SETENTA Y NUEVE

Todo el tiempo, mientras estábamos junto a la excavadora esperando a Jasir, Dibra miraba hacia el norte, hacia las montañas. Señalaba.

–¿Dónde crees tú que estaba la montaña desde la que nos habló Kostandin?

Yo señalaba entonces. Dibra asentía.

–Sí, yo creo que está ahí. Solo que esa primera nos la tapa.

Dibra suspiró. La última noche que habíamos estado en el campamento de Nikifor, ella y Wole habían llegado a un acuerdo.

–No quiero que Kostandin se ponga nervioso ni nada de eso –había dicho Dibra–. ¿Podrías tú hacerle señales las siguientes noches?

Wole había dicho que sí y Dibra le había explicado el código nuevo, el de respuesta: tres, tres, tres. Y entonces: dos, dos, dos. A cambio, Dibra había acordado cuidar de Jasir.

–Cada uno cuidando del hermano del otro, ¿no es genial? –había dicho.

Pero ya habíamos dejado a Jasir y ahora íbamos buscando cómo apartar aquella montaña de nuestro camino. Primero nos fuimos acercando al campo, parándonos cada poco por si la montaña se apartaba. Después, el campo quedó atrás y seguimos en dirección al pueblo.

–Un poco más –decía Dibra.

Así que continuábamos. Fuimos adosándonos a la curva de la carretera, pasamos las dunas y echamos por el camino de tierra que llevaba al cementerio de barcos. A nuestra izquierda estaba el mar. Fue por ahí que justo la montaña se apartó un instante. Dibra se detuvo y luego dio unos pasos adelante y unos atrás. Me miró y yo temblé.

–Quédate aquí, Isata –me dijo.

Lo dijo y puso un pie fuera del camino y empezó a bajar. Yo levanté la vista del suelo. No había terminado de oscurecer y el cielo era violeta. Abajo, en la pequeña hondonada, entre vapores de sal, reposaba el «lugar al que no se mira». Tomé mucho aire y eché a correr tras Dibra. Ella me sintió y me esperó. Nos dimos la mano y empezamos a bajar hacia el lugar más triste del mundo, allí donde Acnur había dejado abandonados los miles de chalecos salvavidas que los refugiados habían llevado al llegar allí.

Los chalecos de los que habían llegado vivos.

Pero también los chalecos de los que habían sido encontrados muertos en el mar.

Relucían a la luz del atardecer y el viento no soplaba entre ellos. Igual que no podía soplar ninguna voz ni oler ninguna lágrima. Nada. A eso olían nuestras lágrimas mientras caminábamos en torno a aquello. A nada.

Pero seguimos andando en silencio y era cierto que había una zona allí que nos permitía ver entre las montañas. Dibra encontró un viejo cartel que había tirado en mitad del camino y lo puso en el suelo para que nos sentáramos; luego sacó chocolate y me dio un trozo y nos quedamos esperando. Pasó mucho rato.

Pasó mucho rato, pero al fin lo vimos. La señal de Kostandin, a lo lejos. Dibra volvió a llorar.

–Grande, Wole –dijo, y luego se quedó pensativa–. Pero tiene que ser pronto. Muy pronto.

Y tenía razón, porque Kostandin podría desesperarse y hacer cualquier cosa y perderse.

OCHENTA

Los siguientes días fueron de máxima intensidad, llenos de reuniones y preparativos. Dibra y yo conspirábamos.

Una mañana cogimos el autobús y volvimos al pueblo y al hotel y la mujer de la tienda nos recibió con su deliciosa sonrisa. Allí tomamos refrescos y comimos y esperamos a que llegara la chica de los ojos inmensos. Le contamos cómo habíamos encontrado a Wole y pasamos la tarde con ella. De regreso al campamento, fuimos a la excavadora para esperar a Jasir.

–Tú vienes –dijo Dibra.

–Claro –dijo él.

–¿Alguien más?

–Uno más.

–¿Solo?

–Sí –Jasir se encogió de hombros–. No me fío de los otros, podrían chivarse...

A la mañana siguiente nos encontramos con Nadia. Ella volvía de trabajar donde la selección de ropas y se nos acercó y nos preguntó por los días que habíamos estado perdidas. Nos preguntó eso, pero en realidad ella quería hablar de otra cosa y no esperó nuestra respuesta.

–No sabéis lo que me ha pasado –dijo.

Luego empezó a contarnos una historia muy enrevesada sobre un chico que ahora estaba trabajando en el puesto que nosotras habíamos dejado vacante. Al parecer era un chico alto y serio, de ojos muy oscuros. Se miraban mientras trabajaban y les hacían burlas a los voluntarios. Luego nos preguntó otra vez qué tal nosotras.

–Ah, bien. Estamos bien –contestó Dibra.

Luego nos fuimos. Dibra dijo que Nadia era como un fantasma para ella, un recuerdo de alguien que fue. Y yo estuve de acuerdo.

Por supuesto también tuvimos una intensa reunión con el padre de Dibra, el señor Kadiu.

OCHENTA Y UNO

–Estás loca –dijo el padre de Dibra.

–No.

–Sí. Y te lo prohíbo.

–No sé qué quiere decir eso, papá. ¿Me lo prohíbes? ¿Y qué vas a hacer, atarme? Bueno, puedes encerrarme si quieres, pero tendrás que pensar en hacerlo para siempre. Y no podrás, porque en algún momento habrás de soltarme. Y el día que me sueltes, lo haré. Iré de cabeza. Y ¿quién sabe? Tal vez para entonces Kostandin ya se haya cansado de esperar, o se haya vuelto loco. Tal vez para entonces sea tarde.

–Esas vallas son peligrosas. Están preparadas para que la gente no las salte.

–Pero la gente las salta, papá, cuando no les queda más remedio.

–Exactamente, y tú viste a los heridos, ¿no los viste?

–Pero estoy cansada, papá, de estar herida aquí. ¿O es que estar aquí no es estar herida? Me duele más esta herida que cualquier otra que pudiera hacerme en la valla. Y me dolería más la herida de saber que Kostandin y tal vez mamá estaban ahí y yo no fui a buscarlos.

–Si haces eso que dices, ¿qué serás? Serás una apátrida. Alguien que no existe para el mundo. Ninguna ley te amparará.

–Papá, ya estamos al margen de la ley ahora, ¿o no lo entiendes? Las leyes de ellos no están hechas para ayudarnos a nosotros, sino para defenderse de nosotros.

Pero el padre no daba el brazo a torcer.

–Te lo prohíbo, Dibra. Es mi última palabra –dijo.

Dibra suspiró con fuerza.

–No consigo oír tu voz, papá. Se pierde en la niebla.

OCHENTA Y DOS

Pero la reunión más importante de todas era la que debíamos tener con Samir, pues era a él a quien le habíamos dicho que se encargara de unas cuantas cosas importantes. Lo esperamos por la noche, donde la excavadora. Cuando llegó, lo primero que hizo fue entregarnos una bolsa llena de tornillos y echarse hacia atrás sonriendo. Nosotras lo miramos.

–¿Sabéis para qué son? –dijo Samir.

Jasir había tomado varios en las manos y los examinaba.

–¿Para la «mosquitera»? –dijo.

Samir sonrió y asintió. Dibra y yo no sabíamos de lo que hablaban.

–La valla no es solamente una valla. Son tres vallas –Samir había cogido un palo y ahora dibujaba en la arena–. Primero hay una valla «normal», así, inclinada hacia el interior. Tiene cuatro metros de alto y en este ángulo de aquí es donde están puestas las concertinas. Eso ya lo sabéis. Luego está la «mosquitera», que está fabricada especialmente para que no se pueda trepar por ella. Es una red de acero con unos orificios tan pequeños que no caben ni los dedos de los pies.

Dibra miraba con atención el dibujo mientras acariciaba uno de los tornillos.

–¿Entonces? –dijo–. ¿Cómo se hace?

–Se necesita calzado deportivo. Y a ese calzado hay que meterle, en las suelas, estos tornillos de forma que sobresalgan un par de centímetros. Con eso se trepa.

Dibra dejó el tornillo, miró a Samir.

–¿Qué más?

–Después de la «mosquitera» hay otra valla «normal». Otros cuatro metros. Esa es la más fácil.

Todos nos quedamos callados mirando el plano de Samir. Él siguió explicando después que, aparte, había otras cosas: faros, cámaras que detectaban el calor...

–Es duro, muy duro –concluyó.

–Bueno –dijo Dibra–. ¿Qué más? ¿Cuándo vamos a hacerlo?

–Hay un salto previsto para la luna nueva. Dentro de tres días. Se saltará por tres sitios, cuatro con el nuestro.

–¿Saltamos solos?

–Sí. Nadie quiere venir con nosotros. Dicen que somos demasiado niños.

Dibra lo pensó un momento y después me miró y me abrazó un poco. Yo era la más pequeña de todos.

–Mejor –dijo.

Luego hablamos de más cosas. Que debíamos ponernos toda la ropa que pudiéramos: sudaderas, camisetas... Mejor de color negro. Y que teníamos que llevar mantas, y alguna alfombra, si podíamos. Y había que ver cómo se sacaba todo aquello del campamento y dónde se dejaba hasta que llegara el día.

OCHENTA Y TRES

Luego regresamos hasta el campamento y dejamos a Jasir junto a la garita. Nosotras seguimos en dirección al «lugar al que no se mira». Samir venía detrás de nosotras. Iba pensativo, arrastrando los pies. Los arrastró más cuando nos vio bajando, cuando nos vio sentadas sobre nuestro viejo cartel. Después vino hasta nosotras y se sentó él también. Dibra lo miraba cada tanto y yo hice por acurrucarme sobre las rodillas de ella y cerrar los ojos y fingir que me había dormido. Siguió un silencio muy largo.

–Mira –dijo Dibra al fin–, ¿lo ves?

–Sí –dijo Samir. Y luego–: ¿No le contestas?

–No. Ya le está contestando Wole desde el otro lado. Si le contestara yo también, ¿quién sabe? Lo mismo se confundía y entonces...

–Ya.

Siguió entonces otro silencio. Otra vez lo rompió Dibra.

–Entonces, ¿cuántos somos para saltar? Somos Isata y yo. Y mi padre. Y Jasir y su amigo... –Samir tomó aire.

–¿Tu padre?

–Sí, él saltará, aunque todavía no lo sabe. Pero no es de eso de lo que hablaba.

–Lo sé.

–¿Y...?

–Aún no lo he pensado –dijo Samir.

Dibra dejó pasar como un minuto entero. Cantaban los grillos.

–¿Conoces a la señora Prendi, la que vive tres contenedores más allá del mío? –dijo Dibra.

–Sí.

–¿Sabes cuántos años lleva aquí? –Samir negó–. Diecisiete. Llegó con veintidós. Diecisiete años esperando, con la vida detenida. Y hay muchos otros que llevan más de diez...

Samir no dijo nada, yo noté que temblaba. Y que Dibra también lo hacía.

–Yo creo que sí vendrás –dijo.

–Es peligroso –dijo Samir.

–Por eso.

Samir dejó pasar otro minuto. Yo también temblaba, porque lo importante no era lo que se decía sino lo que no se decía. Y era emocionante.

–Creo que no entiendes lo peligroso que es. Hay gente que queda malherida para siempre. Gente que muere.

Dibra no dijo nada. Se quedó callada. Luego, las señales al otro lado cesaron y nos levantamos y empezamos el camino de vuelta. La neblina que permanentemente sobrevolaba el cementerio de chalecos olvidados parecía respirar con muchas voces y yo me dije que al día siguiente tenía que traer unas flores.

OCHENTA Y CUATRO

–Isata, ¿tú tienes unos zapatos como los que dijo Samir?

Pero yo no tenía. Dibra lo estuvo pensando un rato. Luego sonrió. Porque nosotras habíamos trabajado en la clasificación de la ropa y eso implicaba que sabíamos muy bien dónde estaban los almacenes y algunas cosas más. Cuáles eran las zonas y las horas adecuadas para entrar sin ser vistas, por ejemplo. Y en qué lugar estaban los zapatos y las mantas. La hora buena era la de la comida, cuando los voluntarios se iban a las carpas de administración. Y la zona era por detrás, por donde desembarcaban los camiones. Había un hueco en la alambrada que daba a los muelles por el que un par de chicas avispadas podían colarse sin demasiados problemas. Eso fue sencillo.

Por supuesto, ya que nos llevamos unos zapatos para mí, aprovechamos para cargar unas cuantas mantas. Todo lo dejamos en el contenedor de Dibra. Lo siguiente era poner los tornillos a los zapatos. Pero también sabíamos quién podía ayudarnos.

–Papá, necesito tus zapatos –le dijo Dibra al señor Kadiu una mañana.

Y el señor Kadiu, que andaba los últimos días como un fantasma, que a ratos nos miraba y sacudía la cabeza como si no entendiera nada de cuanto pasaba, se quitó los zapatos y se los tendió a Dibra. Cuando tuvimos también los zapatos de Jasir y de su amigo, los metimos todos en una mochila y tomamos el autobús para ir al pueblo. En la tienda del hotel nos recibieron la mujer y la niña de los ojos grandes y les explicamos. Ellas se asustaron un poco, como hacían siempre todos, pero después sonrieron. Entonces, la mujer tomó la mochila y fuimos las cuatro hasta una casa cercana en la que otra mujer tenía una máquina de coser. Las dos mujeres hablaron largo y tendido en su lengua y luego la otra se puso a trabajar.

Primero descosió las suelas de las zapatillas. Después insertó los tornillos y perforó las suelas con ellos. Por último, los aseguró con cola de zapatero y lo volvió a coser todo. Nosotras comíamos golosinas mientras la mirábamos hacer.

Como pago le dimos una rosa verde fabricada por Jasir a cada una.

Otra mañana empezamos a sacar las mantas del campo. Llegábamos hasta la garita con una gran bolsa que contenía un par y salíamos tal cual. Los policías nos miraban.

–Tú tranquila, Isata –me decía Dibra–. Si nos preguntan, les contamos que son mantas nuestras que vamos a vender en el pueblo.

Pero nadie nos dijo nada. Nosotras, por si acaso, en cuanto salíamos con ellas, nos íbamos directas a la parada del bus. Y después, cuando ya parecía que nadie nos vigilaba, dábamos la vuelta a todo el campo con nuestras mantas y las dejábamos escondidas entre las vides, junto a la excavadora. Luego regresábamos.

Una de las veces tuvimos un extraño encuentro. Habíamos desandado el camino desde la excavadora y estábamos ya junto a la valla del campo. Entonces nos llamó la atención una figura que caminaba a buena velocidad simulando un paso atlético. Era un hombre alto y moreno, vestido con unas ropas que las dos conocíamos bien. Dibra se echó al suelo para esconderse y lo dejamos pasar. Luego lo miramos.

Era el señor Kadiu, el padre de Dibra, haciendo deporte. Ella se moría de la risa.

–Profesor, que tienes que ponerte en forma... –decía.

Y así llegó la noche en que teníamos que saltar.

OCHENTA Y CINCO

Dibra y yo pasamos la mañana recogiendo flores y trenzándolas en pequeñas coronas. Por la tarde fuimos al cementerio de ahogados y ahí nos sentamos en silencio. Por sobre los chalecos flotaba aquella presencia que estaba hecha de viento y de sal. A ratos tenía ojos y nos miraba. Entonces Dibra se puso de pie y yo también.

–Parece que exista una ley que dice que algunos han de caer por el camino para que otros lo consigan. La cuestión es que a veces, a los que no caímos antes, se nos olvida que el viaje no termina aquí. A mí se me olvidó, pero ahora lo he recordado. Y lo que vamos a hacer por la noche será difícil y tal vez quedemos heridas o tal vez muramos. Y, si morimos, entonces seremos uno más aquí, con vosotros, y habremos muerto para que otros puedan proseguir el viaje. Somos vosotros mismos y es nuestra obligación continuar. Así que no os pido perdón por estar viva mientras que vosotros moristeis. Os pediría perdón si me quedase aquí más tiempo. Os lo debemos. Y somos vosotros.

Después cogimos las coronas de flores y las arrojamos al viento. Las coronas volaron unos metros y luego se fueron posando como las pequeñas mariposas que eran. Pasado un rato, nos volvimos a sentar. Dibra estaba pensativa.

–¿Nunca has pensado, Isata, en lo altamente improbable que era que Wole viera la señal de Kostandin? –dijo ella y yo la miré asustada, porque justo esa había sido mi reflexión después del sueño de la niña en la aldea–. ¿Y no te da miedo? Es decir, ¿qué fuerza interestelar ha mediado para que suceda algo así?

Dibra estuvo entonces unos instantes en silencio. Por el camino que llevaba al cementerio de barcos cruzaba un hombre. Se detuvo un momento a mirarnos, luego siguió.

–¿Sabes qué te digo, Isata? Que tal vez el que esté haciendo las señales sea Kostandin o que tal vez no. Porque, en el fondo, eso no es importante. Lo importante es lo que rodea al hecho. Lo importante es que, como consecuencia de ello, estamos otra vez en marcha. Y vamos hacia el lugar que nos corresponde. El sitio en el que de verdad debemos estar.

Ella lo dijo y luego me miró y me sonrió. Después me echó el brazo por encima del hombro y me apretó contra ella. Su camiseta olía a toda la sal y a todo el viento.

OCHENTA Y SEIS

El plan era estar a las diez en la excavadora. A las ocho y media salimos Dibra y yo por la garita como si fuéramos a la playa. Cruzamos la carretera y bajamos hasta las dunas y nos sentamos a mirar el mar un momento. El mismo mar del que habíamos venido tanto tiempo atrás. Dibra sonrió.

–El camino sigue –dijo.

Después nos despedimos del mar y fuimos dando la vuelta por las dunas para cruzar la carretera al este del campo. A las nueve y media estábamos en la excavadora, el padre de Dibra ya esperaba. Al poco sentimos unas sombras que se acercaban y eran Jasir y su amigo. Dibra y yo lo miramos fijamente. Tendría un par de años más que Dibra, se llamaba Nader y era primo de Jasir y de Wole. Nos saludamos y nos miramos y se nos secaron las gargantas. Estábamos nerviosos y no había mucho que decir. Se oían los grillos entre el matorral y no podíamos dejar de mirar hacia la sierra. Cada poco, Dibra consultaba su reloj. Se fueron haciendo las diez menos cuarto y luego las diez menos cinco. Todos pateábamos el suelo y nos mirábamos los pies y volvíamos a mirar hacia la sierra. Todos teníamos el estómago encogido. El padre de Dibra estaba pálido y semejaba más que nunca un fantasma.

–¿Qué pasa? –preguntó.

–Falta Samir –dijo Dibra.

Ella y yo estábamos mirando todo el rato hacia el camino que venía del campo. Luego se hicieron las diez y luego las diez y cinco. La cuestión era que no podíamos irnos sin él, porque era quien tenía el contacto y sabía adónde teníamos que ir exactamente y por dónde teníamos que saltar. Jasir y Nader estaban inquietos.

–Vámonos –decían–. A fin de cuentas, una valla es una valla.

–No, esperamos –decía Dibra.

Las diez y diez. La noche era oscura, perfecta. Jasir echó a correr en dirección al campo. Dibra temblaba.

–Ahí viene alguien –dijo el señor Kadiu.

Alguien venía. Era Jasir que regresaba. Pero venía otra sombra tras él. Y si el padre de Dibra parecía un fantasma, entonces Samir se había convertido en uno. También temblaba.

–Venga –dijo Dibra.

Lo sacamos todo de los escondites, la ropa extra, las mantas, los zapatos con los tornillos, y echamos a correr dirección norte.

OCHENTA Y SIETE

–Es más adelante –decía Samir.

Se había puesto el primero y la carrera le iba sentando bien. A ratos, Dibra lo miraba. Flotaban las luciérnagas y se sentía al viento vigilándonos entre las espinas. Un rato antes habíamos dejado el camino y nos habíamos internado por otro que no era más que dos rodadas entre el chaparral. Cada poco, Samir se detenía y consultaba su teléfono. Después oímos un silbido y eso nos orientó. Un hombre joven, apenas un par de años mayor que Samir, nos salió al paso.

–¿Eres tú?

–Sí.

Samir y el hombre se dieron la mano. Después, el hombre miró para el grupo que conformábamos y en su cara se pintó lo lamentables que pensaba que éramos. Luego miró al señor Kadiu y, a continuación, volvió a mirar a Samir. Se encogió de hombros.

–Vamos.

Otra vez echamos a correr. La noche era oscura y solo veíamos siluetas y las manchas blancas de las rodadas.

Dejamos ese sendero y tomamos por otro. Al poco ya vimos el resplandor de las farolas de la valla a lo lejos.

–Vamos, vamos –decía el hombre.

Y corríamos.

OCHENTA Y OCHO

El camino se cortó de pronto y cruzamos una zona de ortigas marinas. Siguiendo la valla venía una carretera de polvo blanco. Ahí nos paramos a recuperar el resuello. El hombre joven le hablaba a Samir.

–Hay una torre de vigilancia como a un kilómetro hacia allá –señaló al este–. Y otra como a otro kilómetro hacia allá –señaló al oeste–. Deberíais intentarlo aquí. ¿Veis que hay un hueco entre las cuchillas? Pues por ahí. La hora prevista es a la una de la madrugada. Habrá un falso salto más abajo, donde la colina, para atraer a los Frontex. Las noches de luna nueva siempre se ponen muy nerviosos.

Samir asentía, el hombre volvió a mirarnos. Miró a Dibra y luego sus ojos se posaron en Jasir y en mí, que éramos los más pequeños. Nos miró a nosotros y después miró en dirección a la valla, como si calculara. Sacudió la cabeza.

–A la una –dijo–. Buena suerte.

Le dio la mano a Samir y echó a correr. Al poco lo perdimos de vista. Nos metimos todos entre los matorrales y nos sentamos. Empezamos a sacar la ropa, los zapatos. Dibra estaba a mi lado.

–¿De qué lo conoces? –le preguntó a Samir.

–Del pueblo –dijo él, que estaba aún más pálido que antes.

–¿Podemos fiarnos de él? –dijo el padre de Dibra de pronto–. Quiero decir, ¿cómo sabemos que no nos han puesto a nosotros como señuelo?

Samir lo pensó. Luego se encogió de hombros. El padre de Dibra volvió a hablar. Su voz disonaba con la naturaleza.

–Porque ¿qué es? Un desesperado de los que están en los campamentos del monte...

Samir guardó silencio. Dibra respiró con fuerza.

–Es una persona, papá. Nada más. Igual que tú o que yo.

La cuestión era que estábamos allí y que ya poco remedio tenía todo. Nos fuimos calzando los zapatos y poniéndonos camisetas y sudaderas. Jasir y Nader se aproximaron a la valla y la tocaron con las manos. Después fuimos nosotras también. El acero estaba helado y, de cerca, parecía mucho más alta y más imponente. Dibra repasaba conmigo las instrucciones. Cómo había que poner la manta, cómo había que sujetarse para no caerse en la parte alta. Yo miraba hacia arriba y me daba la impresión de que allí debía de soplar un viento muy fuerte y muy frío. Entonces Jasir dio la voz de alarma.

–¡Agua!

Rápidamente nos echamos al suelo. Entre las matas, a ras de tierra, vimos llegar unos focos por el otro lado de la valla. Los focos se convirtieron en el sonido de un motor y luego en un coche de los Frontex. El coche vino bajando por la ladera, pasó ante nosotros y se detuvo como cien metros más allá, en un alto. Entonces bajaron dos hombres y se apostaron junto al coche. Luego sacaron unos prismáticos y miraron en dirección a la zona por la que habíamos venido.

–¿Qué hora es? –preguntó alguien.

–Las doce y media.

Se me secó la garganta, volví a mirar hacia la valla, que ahora era más alta y más peligrosa que un rato antes. Las cuchillas de las concertinas se las apañaban para brillar a la débil luz de las estrellas.

–No se van –dijo Jasir.

–Espera.

Finalmente se fueron. Los sentimos entrar en el coche y las puertas se cerraron. Después, el motor arrancó y lentamente se fue perdiendo. Estábamos solos en la llanura y temblábamos de miedo.

–La una menos cinco –dijo la voz de Dibra.

OCHENTA Y NUEVE

Era el momento. Lo habíamos hablado días atrás. Dibra nos había reunido a todos, a su padre incluido, y nos lo había explicado.

–Si saltamos la frontera y llevamos la identificación y nos capturan, entonces nos devolverán al campo. Pasaremos un tiempo en un centro de internamiento, pero al final nos devolverán aquí y todo esto no habrá servido para nada.

Dibra nos miraba, todos estaban con los ojos muy pendientes.

–En cambio, si no llevamos identificación, pasará al revés. Si nos capturan, nos meterán en un centro, sí, pero no podrán devolvernos aquí. Y la cuestión es que, en ese país, el tiempo máximo de estancia en un centro es un mes. Pasado el mes, tienen que expulsarte del país o dejarte libre.

–Pero no podrán expulsarnos si no saben de dónde vinimos –dijo Jasir.

Dibra sonrió y yo también lo hice.

–Así es.

Era el momento. Cada cual fue sacando su identificación que lo reconocía como solicitante de asilo y las pusimos todas juntas en el suelo. El padre de Dibra dudó un poco. Después, alguien prendió un fósforo y las vimos arder. Las caras nos brillaron un instante y siguió un minuto de silencio en el que imagino que cada cual anduvo midiendo sus fuerzas. Samir fue repartiendo unos ganchos de hierro que debían ayudarnos a trepar por la mosquitera y después hubo un suspiro. Observamos la valla. Tenía delante tres líneas de concertinas. La primera, insertada en el suelo, y la segunda encima de esta. La suma de ambas debía de llegarme ya por la cintura. La tercera estaba más arriba, como a tres metros del suelo, en el ángulo en que la alambrada se quebraba hacia nosotros, pero, como había dicho el muchacho que nos había llevado hasta allí, estaba desgajada en un par de metros y los alambres con sus cuchillas se movían al viento. Por ahí era por donde intentaríamos pasar.

El suspiro había salido de mi pecho al ver que Jasir y Nader echaban hacia delante.

Detrás fuimos los otros.

–No te separes de mí –me dijo Dibra.

Corrimos, olía a la salvia del campo y, los últimos metros, a una sustancia agria y pegajosa. Mi cabeza se convirtió en un artefacto extraño que dejó de ver en colores y dejó de percibir los sonidos. Era el miedo. Echamos todas las mantas sobre las concertinas y nos impulsamos sobre ellas. Jasir y Nader treparon al hueco que había en la tercera línea de concertinas sin problemas y se colgaron un momento del ángulo para tomar impulso. Los pies de Jasir resbalaron y hubo un ahogo de miedo. Sin embargo, consiguió impulsarse y, al momento, estaban los dos a caballito en lo alto de la verja. Después fuimos Dibra y yo. Desde abajo nos empujaron y desde arriba nos agarraron cuando estuvimos cerca.

–No mires abajo –decía Dibra. Y yo sentía cómo su respiración estaba llena de tensión y de miedo.

Las cuchillas de la tercera línea pasaron muy cerca de mi cara, pero logramos encaramarnos. Arriba hacía mucho viento y la distancia hasta el suelo era inmensa. A lo lejos escuchamos el ruido de sirenas y vimos luces, lo que quería decir que los otros también habían atacado. El que tuvo más problemas para subir fue el único adulto.

Llegado a la tercera fila de concertinas, el padre de Dibra sudaba y estaba pálido. Se colgó de una mano y luego de la otra. Pero entonces le fallaron los pies y quedó suspendido en el aire. Fue Samir quien fue a por él. Estaba aún en el suelo y se alzó sobre las mantas y consiguió sujetarlo. Fue un momento de intensa angustia en el que yo miré a los ojos del hombre y vi que estaba pensando en soltarse. Pero Nader alargó un brazo y consiguió agarrarlo también. Entonces el señor Kadiu subió. Mis ojos y los ojos de Dibra se fijaron en Samir, que estaba aún agarrado a la valla, en territorio de nadie, y que no había dicho verdaderamente qué iba a hacer. Él miró arriba y pareció que se encogía de hombros. Entonces empezó a trepar él también. Nader y Jasir ya bajaban por el otro lado. Se ponía un pie y luego el otro. Era fácil y ellos eran como monos. Yo también.

Corrimos entonces hacia la mosquitera. De los bolsillos sacamos los ganchos que nos había dado Samir

–Se meten así –nos había dicho–. Entre los agujeros, ¿entendéis? Se mete y se toma impulso, así.

Samir lo había dicho con tanta preocupación que Dibra y yo nos miramos y nos sonreímos.

Empezamos a trepar. Los tornillos repiqueteaban contra el metal. Estábamos a mitad de subida cuando sentimos luces y, un momento después, vimos un coche de los Frontex que llegaba a toda velocidad. Nos pegamos a la valla, nos quedamos quietos.

Todo estaba perdido.

NOVENTA

Sin embargo, sucedió lo impensable.

Porque el coche de los Frontex llegó a toda velocidad por el camino hasta estar a menos de quince metros de nosotros.

Pero no frenó, no se detuvo, ni siquiera hizo un amago.

No.

Siguió camino tal y como si nosotros fuéramos invisibles.

Jasir se reía. Nader gritó.

Al poco, con la ayuda de los ganchos y los tornillos, ya estábamos arriba.

Y luego abajo.

Quedaba la última valla. La más fácil.

Fue entonces cuando noté que Dibra se inclinaba sobre Samir y que se preocupaba. Fue entonces cuando la noche empezó a oler de una forma distinta.

Empezó a oler a sangre.

NOVENTA Y UNO

Yo corrí hasta Dibra y miré. Ella estaba haciendo algo con la bota de Samir o con la parte baja de su pantalón. Su cara estaba llena de miedo.

Entonces lo vi.

Algo había atravesado el pantalón de Samir, una de las cuchillas de la concertina. Y había allí una herida fresca, inmensa, que chorreaba sangre. Dibra presionaba con sus dedos sobre la herida.

–Dame algo, dame algo.

Tenía un pañuelo. Se lo di. Dibra cortó una larga tira y empezó a hacer un torniquete.

–¡Busca un palo, algo! –me dijo.

Los otros, entretanto, habían cruzado y ya estaban al otro lado. Nos miraban. Yo buscaba por el suelo y encontré un pedazo de hierro que tal vez había sobrado de la construcción de la valla. Se lo llevé a Dibra. Ella seguía apretando.

–Vamos, vamos –le decía a Samir.

–No, déjame aquí.

–No. Aquí no se queda nadie. Así que levanta. Vamos. Ayúdame, Isata.

Lo levantamos entre las dos. Lo pusimos contra la valla.

–Ahora despacio.

Lo empujábamos desde abajo. Los otros dos chicos volvieron a trepar a la valla y lo esperaban arriba. Samir solo podía impulsarse con una de sus piernas y pesaba mucho. Los labios de Dibra estaban blancos por el esfuerzo y mis dientes crujían. Entonces, alguien agarró a Samir desde arriba y Dibra me agarró de la muñeca, porque me fallaban las fuerzas.

–Isata, vamos.

Grité.

Grité y no me di cuenta de que estaba gritando. O, por lo menos, los primeros segundos. Después ya sí, cuando vi cómo Dibra abría los ojos de aquella manera.

NOVENTA Y DOS

Grité como si de pronto una bola de hierro que hubiera tenido en la garganta desde hacía años hubiera sido expulsada, como si de pronto mis pulmones reconocieran el aire. Grité y durante un momento no estuve junto a la valla ni oliendo la sangre de Samir, sino al borde de una carretera oscura y llena de pólvora y corriendo a solas y llorando en la oscuridad y sabiendo que toda la protección y todo el amor que me habían sido otorgados en la vida se habían escurrido por el agujero que una bala había hecho en un cuerpo.

Durante un segundo fui eso y recordé, de alguna manera, quién era verdaderamente yo, tal y como si todos los años pasados en el campo no hubieran sido más que una sombra de mí misma.

Y seguía gritando.

Los demás me miraban y ya no estaba en aquella carretera, sino junto a la valla y, por algún milagro, habíamos atravesado esa última y habíamos cruzado la carretera que había al otro lado y ahora nos escondíamos entre unas zarzas que no eran distintas pero que estaban en otro país.

Dejé de gritar. Todos se inclinaban sobre Samir. Estaba muy pálido. Y Dibra también.

–Aguanta, muchacho –dijo ella. Luego me miró–. Necesitamos un médico, Isata.

Ella lo dijo y yo sabía qué era lo que quería.

Quería que yo buscara el campamento en el que estaba Wole y que hiciera venir a Nikifor. Asentí para decirle que lo había entendido. Luego me acordé de mi grito de un momento antes y me dije que debía probar.

–De acuerdo –dije. Y sé que Dibra habría sonreído si no hubiera estado tan angustiada.

NOVENTA Y TRES

Decidimos que Jasir y Nader vinieran conmigo y que el señor Kadiu se quedara con Dibra y Samir.

–Es hacia allá, Isata. ¿Te acuerdas de la colina, de cómo era?

–Sí –dije yo.

–Confío en ti.

–Vendré enseguida.

Salí corriendo. Corría tan deprisa que dejaba a los dos chicos atrás. Corría por mi voz y corría por Samir y corría, también, por Dibra. Porque, de pronto, después de muchos días, estábamos separadas y eso me vaciaba el corazón. «Corre, Isata, encuentra pronto a Wole, y así podrás volver a estar en el lugar que es el tuyo». La colina estaba lejos, pero poco a poco se fue acercando. Yo no me daba cuenta, pero hablaba sin parar.

–Había un sendero rodeado de mirtos. Y más arriba, una piedra de color violeta; un violeta rojizo. La piedra tenía una forma muy curiosa, porque era como si una sirena se hubiera sentado en lo alto del macizo. La cuestión es que encontremos el sendero, eso lo primero. Y entonces ya estará todo hecho.

Tuvimos que dar un par de vueltas y el primer sendero que encontramos no fue el correcto. Nos quedamos parados en mitad del campo varios minutos, mientras yo me orientaba. Entonces miré a las montañas que quedaban al norte. Una de ellas describía una suave curva que se perdía detrás de la que tenía al lado.

–Más hacia allá –dije. Y me encantaba mi voz.

Corrimos otra vez. Nos metimos entre los árboles. Más abajo vimos un sendero blanco. Bajamos. Yo miré hacia la cuesta.

–Ahí.

Esa era la piedra de la sirena. Empezamos a trepar. Al poco, el terreno dejó de ser arena para ser tierra malva y luego ya roca. Gritaba:

–Wole, Wole.

Al poco notamos que alguien se movía delante de nosotros. Vimos una mancha amarilla que descendía. Otro hombre lo seguía. Wole y Jasir y Nader se miraron. Yo tomé aire. O hice por tomarlo.

–Necesitamos a Nikifor –dije.

Y entonces me caí al suelo del agotamiento, me desmayé en mitad del sendero. No recuerdo ninguna cosa más de aquella noche.

En realidad, cuando volví a despertar, era de día.

NOVENTA Y CUATRO

Era de día y había alguien a mi lado y yo estaba dentro de una de las tiendas del campamento de Nikifor y olía a fogatas y a ropa usada. Y la persona que estaba a mi lado y que me daba aire era Dibra. Me miraba y me sonreía.

–Fuiste una heroína, Isata –me dijo.

Y yo quise decirle algo con la voz que había recuperado la noche antes, pero, por algún motivo, otra vez se negaba a salir y había vuelto a esconderse en aquel sitio de mi garganta. Dibra volvió a sonreír.

–Fue hermoso escuchar tu voz, al menos un rato –dijo–. Y ya volverá, no te preocupes.

Luego, Dibra me fue contando todo lo que había sucedido durante la noche después de que yo me desmayara.

Como en el campamento de Nikifor sabían que las noches de luna nueva había saltos, todos estaban despiertos. En la noche, dijo Wole, corrían figuras desesperadas y había movimiento de policías y focos y sirenas. El propio Nikifor estaba en la zona, lo que había sido muy importante. Por eso, cuando yo llegué, Wole y los otros chicos habían salido a buscarlo y lo habían encontrado abajo. Después lo habían llevado a donde estaban Dibra y Samir y el padre de Dibra, y así habían regresado todos.

Yo quería saber cómo estaba Samir. Dibra sonrió con tristeza.

–Bueno, está bien. Más o menos.

Por supuesto habían pasado más cosas durante la noche, porque aquello solo había sido un resumen. Carreras y más carreras, y Nikifor curando a Samir entre las zarzas y después, entre todos, cargando al muchacho de vuelta al campamento.

–Y no hace tanto que hemos llegado, no creas –decía Dibra con voz somnolienta–. Amanecía, de hecho. ¿Y qué me encuentro cuando llego llena de barro y agotada? A ti durmiendo tan tranquila.

Dibra dijo aquello y luego se echó a reír. Y era verdad que parecía muy cansada, como también era verdad que su piel brillaba y que sus ojos estaban llenos de alguna fiebre anciana, como si justo aquella noche ella hubiera comprendido algo que hasta entonces se le había escapado.

Ella me acarició el brazo y yo le sonreí.

–Hermanita –me dijo.

Y yo se lo dije también, solo que no tenía palabras. Sin embargo, ella lo entendió perfectamente.

NOVENTA Y CINCO

Así fue como salí y como volví a ver el campamento de Nikifor. Ahora había mucha más gente, y más que llegaban. Algunos estaban simplemente hechos ovillos en el suelo y dormían; otros comían arroz de una olla; otros, heridos, tenían los ojos en blanco y sufrían. Todos estaban silenciosos y en algunos ojos se reflejaba aún el miedo de la noche antes y en otros ya resalía la victoria.

Habían cruzado. Eran libres.

O más bien, como si se tratara de un videojuego, habían pasado a la siguiente pantalla. Al siguiente nivel.

Allí estaban todos y allí estaba Wole. Nos abrazamos.

–Gracias, gracias –decía Wole. Y yo solo quería llorar. Luego fuimos a ver a Samir.

Estaba en una de las tiendas y dormía. Dibra se inclinó sobre él y le refrescó la cara con un pañuelo húmedo; le apartó unas moscas. Él se removió en sueños y murmuró algo.

–Ha perdido bastante sangre –dijo Dibra–. Y bueno...

Entonces apartó la manta que tapaba el pie de Samir y yo miré. Estaba vendado, pero había algo extraño allí, como si faltara un gran pedazo en la parte de atrás de la pantorrilla. Dibra miraba hacia aquello con inusitada gravedad.

–Él no lo ha dicho, pero fue cuando mi padre casi se cae. Cuando tuvo que trepar por el alambre –suspiró–. Él no lo ha dicho y mi padre tal vez lo sospeche. Yo lo sé y ahora lo sabes tú. Pero, Isata, no se lo diremos a nadie, ¿de acuerdo?

Yo asentí. Luego subimos por la cuesta que llevaba al lugar desde el que se veían las señales por la noche. Allí, sentado, con las piernas colgando sobre el precipicio, estaba el padre de Dibra. Nos sentamos a su lado en silencio. Él nos miró.

–Habría que ir en aquella dirección –dijo el padre, a quien Dibra ya le había explicado desde dónde llegaban las señales–. Nikifor me ha dado un mapa de la zona.

Dibra asintió en silencio y yo la miré y de pronto me puse muy triste porque comprendí qué era lo que iban a decir aquellos ojos que se habían vuelto tan ancianos de pronto.

–Wole, Jasir y Nader van a subir hacia el norte –dijo Dibra.

–Perfecto. Vamos con ellos –dijo el padre.

Dibra suspiró.

–Papá, yo no voy.

El padre la miró muy fijo.

La miró, pero no se enfadó ni hizo ningún aspaviento, más bien fue como si todo aquello le provocara una inmensa tristeza, como si renunciara de alguna forma a algo.

–Si tú te quedas, me quedo contigo –dijo.

–No, papá. Alguien tiene que ir a reunirse con Kostandin. Si no, corremos el riesgo de que se mueva o le pase algo o haga cualquier locura –dijo Dibra.

El padre fue a protestar, pero permaneció pensativo.

–No sabemos a qué distancia está exactamente Kostandin –explicó Dibra–, y existe la posibilidad, también, de que no sea él. Tú te irás con ellos y llegaréis hasta él. Entonces, cuando os juntéis, podéis llamar al teléfono de Nikifor. Y nos encontraremos en algún sitio.

Eso dijo Dibra y el padre la miró un momento y luego siguió mirando hacia la llanura y la sierra en la que, por la noche, aparecería la señal de su hijo. Sin embargo, por algún motivo, ya no parecía estar triste.

Sonreía más bien como si estuviera, de pronto, muy orgulloso.

Y otra vez quise ponerme a llorar.

NOVENTA Y SEIS

Y eso pasó. Que por la noche surgieron las señales de Kostandin, que Samir tuvo mucha fiebre, que por la mañana empezaron a moverse los grupos que se iban hacia el norte, que en el punto en que el terreno dejaba de ser tierra y empezaba a ser arena nos volvimos a juntar todos.

Wole, Jasir, Nader, Dibra y yo.

Nos abrazamos, hicimos un corro como si fuéramos un equipo de fútbol antes de un partido, todas las cabezas y los hombros juntos.

La entrenadora, por supuesto, era Dibra.

–Ojalá que lleguéis a ser ingenieros. Ojalá que un día podamos sentarnos en una cafetería de París todos juntos y podamos hablar de todo esto y reírnos. En adelante os declaro a vosotros también hermanos míos y siempre diré, cuando me pregunten cuántos hermanos tengo, que tengo cinco. Y recordad: el viaje no ha terminado, los peligros no han terminado. En realidad, no acaban nunca el viaje ni el peligro.

Luego, Jasir y Wole dijeron que tenían un regalo para nosotras y extrajeron de sus bolsas dos jaulas minúsculas que contenían, cada una de ellas, un grillo. Wole se reía.

–Me debes un pedazo de pelo –decía.

Y acordamos que quedaba pendiente para la siguiente vez que nos viéramos. El padre de Dibra estaba un poco más allá, un poco aparte. Dibra se acercó a él y los dos hablaron un momento. Luego, todos se echaron las bolsas al hombro y empezaron a bajar. Se volvieron aún, un par de veces, para decir adiós con la mano, y después se perdieron entre las zarzas.

NOVENTA Y SIETE

Por la noche subimos Dibra y yo al promontorio e hicimos las señales a Kostandin. Luego empezamos a bajar hacia el campamento. Sin embargo, Dibra se paró en un recodo del camino.

Entre los árboles, de pronto, se veía espejear, a lo lejos, el mar. Nos quedamos quietas, lo miramos mucho rato. Yo sabía lo que Dibra estaba pensando. En cómo aquel mar, cuando ella era pequeña, había estado delante y había sido una presencia lejana. En cómo, después, ella había podido morir allí. En cómo, ahora, aquel mar había sido superado y en cómo toda la vida que ella había soñado, antes de llegar a él, se había esfumado definitivamente. En cómo ahora empezaban otra vida y otros peligros.

Yo le apreté la mano, ella me miró y me sonrió.

Luego bajamos. En la tienda, con los ojos abiertos y llenos de fiebre, estaba Samir. Nos miró, más a Dibra, y Dibra lo miró a él. Nos sentamos a su lado.

–Hola, tonto –dijo Dibra.

–Hola, idiota –dijo él.

Luego, al calor de la fogata que había a nuestros pies y al calor del cuerpo de Dibra, me fui amodorrando. Mi grillo, en su jaula, le cantaba a la noche y parecía competir con el grillo de Dibra, como si ellos comprendieran algo que nosotros no comprendíamos todavía.

Y luego pasaron muchas más cosas, pero eso es otra historia. Ya os la contaré otro día.

AGRADECIMIENTOS

A Antonio Pérez, voluntario en Moira y otros campos de refugiados, que atraviesa Europa ¡en bus! cada año para trabajar *in situ*. Gracias por tu información veraz, por tu visión de los niños que allí sufren.

A Ivanita Lonçar, refugiada croata que llevaba una pistola bajo su camiseta de Jim Morrison a los 15 años. Gracias por tu narración de cómo atravesar Europa.

A la Asociación Amigos de Ritsona, de Murcia, por trabajar con los niños refugiados en los mismos campos de Grecia.

A los miles de voluntarios de las ONG que ayudan a cruzar fronteras y facilitan los trámites a los que huyen. Gracias por representar la civilización sobre el terreno devastado.

Y a Cristina, claro, copropietaria y corresponsable de todo esto. Socia insustituible y presencia indisociable.

Paz. *Salam. Shalom. Shanti. Peace.*

GINÉS SÁNCHEZ

Ginés Sánchez nació en Murcia en 1967 y se pasó toda la infancia siendo un niño flacucho y con gafas que no le daba un palo al agua. Luego siguió siendo flacucho (pero se puso lentillas) y estudió Derecho y se hizo abogado. Pero se aburría, así que lo dejó y se fue a ver mundo. Anduvo trabajando por sitios tan dispares como Cuba, Italia, Irlanda, Costa Rica o algún otro. Mientras viajaba, se iba entrenando para cuando llegara el momento de escribir. Y luego, ya, se puso a ello. Ginés (que ya no es tan flacucho y ha vuelto a ponerse las gafas) es autor de varios libros «adultos» (*Lobisón*, *Los gatos pardos*, *Entre los vivos*, *Dos mil noventa y seis*, *Mujeres en la oscuridad* y *Las alegres*, todos ellos publicados en Tusquets Editores) y ha ganado algún que otro premio. *El mar detrás* es su debut en la literatura juvenil.

En la actualidad pasa el tiempo escribiendo y dando clases de escritura en el Club Renacimiento. Y, cuando lo dejan, sueña con tortugas marinas.